100万回生きたきみ

七月隆文

角川文庫
22783

目次

プロローグ

安土美桜(あづちみお)は、１００万回生きている。

いろんな時代の、いろんな国で生きた。様々な人と出会った。蝶(ちょう)を飼い、鳥を飼い、猫を飼った。

けれどもう、ほとんど覚えていない。１００万回も生きたせいで、心はすっかり擦り切れてしまった。

今の美桜は、日本に住む十七歳の高校生。

クラスメイトたちは、なんのために勉強しているのだとか、なんのために生きているのだろうとか、十七歳だから青春らしいことをしなきゃいけないんじゃないかとか、そういうことに瑞々(みずみず)しく悩んでいる。

でも、１００万回生きた美桜にはどうでもいい。

枯れることさえ諦(あきら)めた植物の心地だ。

思う。

自分はもう、これから永遠に、何かに心を揺るがされたり、たいせつなものが生まれたりすることはないのだろうと。

思っていた。

第１章

１０００００１回目の青春

1

美桜は今日も学校へゆく。

いつもの国道沿いの舗道を自転車でまっすぐ。

十月にしては寒い。

けだるさを覚えながらふと、どうしてこんなことをしているのだろうという思いがわく。

でもそれは、逆らわず平凡に生きるのが結局いちばん楽だからだろう。抗い、大胆な人生も送ったはずなのだ。

はるか昔の外国で歌っていた気がする。

海の戦場にいたこともあったかもしれない。

すべては靄のかかった忘却の彼方だ。

ペダルを踏んで輪を描く。

書店のあとにできたリサイクルショップを過ぎ、おっぱいばばあが出るという都市伝説のあったお城のようなホテルを過ぎ、川の橋に差しかかると、その先に美桜の通う公立高校が見下ろせる。偏差値五十の、お手本のような普通の高校。

橋を渡った先の横断歩道で信号待ちをしていると、隣で何台かの自転車が止まる。

見知った影に振り向くと、三善くんだった。

幼い頃にハルカと三人で遊んだことがある。小中高と同じだが、その後の接点はほとんどない。幼なじみと言えるほどなじんでいない。知り合いだ。

目が合うと、彼はちょっとだけ遅れて、

「おう」

と気さくに挨拶してきた。

「おはよう」

こうして声を交わすのも、けっこう久しぶりだ。

彼はさらりと笑んで、それ以上は何も言わず、信号が青になるのを待つ。

ナチュラルな短髪、学ランにパーカー、明るい目と口角の上がった唇。

三善くんはちょっとチャラくて、勉強ができる。ハルカによると、かなりモテるらしい。

青に変わった。

「じゃあな」

三善くんはペダルを踏み、彼の登校仲間と横断歩道を渡り、裏門につながる下り坂を気持ちよさそうに滑っていく。


美桜が教室に入ると、空気がざらりと毛羽立った。

クラスメイトたちが向けてくる、あるいは向けてこないまなざし。浮かべる表情。

十七年しか生きていない彼らは、こんなにも幼くわかりやすい。

彼らの感情が透明な空間を歪(ゆが)ませているように感じた。好奇心に撓(たわ)み、軽蔑(けいべつ)に冷え固まる。そのまだら模様。

そういうものに全身を撫(な)でられながら、美桜は自分の机に鞄(かばん)を置き、椅子に座った。

教科書を机に入れていると、頑(かたく)なな無視という視線がふれる。

窓際の列、二番目の席に座る、男子の背中。

昨日まで付き合っていた相手だ。

自分を取り巻く空気の理由に、彼との話も加わったのだろう。

どうでもいい。

心底思うほどの気力もなく。

無表情に黒板に目を置きながら、１００万回生きても考えることをやめられない心がいつもの空想を始める。

明日、自分が消えていてほしい。

苦痛もなく、何ごともなかったかのように、すっとこの世から消えていたら。


いつものパンは、いつもの味がする。

美桜は食堂のテラス席で一人、購買で買ったパンを食べていた。

ピークは過ぎたとはいえ、まだ賑わう食堂でそういうことをするとそれなりに目立つ。だが美桜はそよ風ほども気にせず、空いていればその席に座る。

グラウンドの向こうに、いつも自転車で通っている裏門からのメタセコイヤ通りが見える。

いつもの席、いつものパン。習慣を決めると楽だ。よけいなことに頭を使わずにすむ。

「美桜」

振り向くと、ハルカがいた。

髪を少し明るく染めた緩いギャル。黒目がちのまなざしが人なつっこく、リップを塗った唇がふっくらしている。

今も続く幼なじみだ。ハルカが誘い、美桜は諾々とついていく。そんな関係。

隣のイスをガガッと引き、ハルカが無造作に腰を落とす。いつも使っている甘い香りが攪拌され、美桜の鼻にふれてきた。

挨拶も世間話もしない。ハルカとはそういう距離感だ。美桜はストローでカフェラテを吸う。

「なに？　ヤッたの？」

ハルカがざっくり聞いてきた。

「キスはされた」

美桜はありのままを答える。

「前と一緒？」

「そう」

「マジかー」

アメの袋を開け、口に入れる。

「告られて、OKして、キスはどんな感じ？」

「送ってもらってる途中に、駐車場の前で突然」

「青春。必死じゃん。——で、美桜は」

「…………」

「そんな感じで無だったんだよね。一緒」

ウケる、とつぶやく。

「そういうので傷つくピュア男子に好かれんだよね美桜は。まーわかるけど」

左手を伸ばし、美桜の黒髪を飾った爪に絡める。

「サラッサラの黒髪で、おとなしくてちょっと神秘的な清楚系。おもいきって告ったらOKもらって、有頂天で付き合いだしたら無で。あせってキスしたらやっぱ無で。みたいな」

小さくて厚い唇が不機嫌な形になる。

「それで『誰とでもヤラせる』みたいな噂になってるし」

「頼まれれば断らないと思う」

「なんで」

「どうでもいいから」

最後まで言い切る前に、ハルカが髪をわしゃわしゃっとした。それから、乱れた毛束を撫でて直しつつ、

「どうでもいいとかないわー」

「ハルカもたくさんの人と付き合ってるじゃない」

「付き合ってるっていうか。あたし、かわいいっしょ？　一緒にいたり、さわらせたげたら喜ぶじゃん」

お金をもらっているわけではなく、ただ喜ぶから、という動機でそうしているらし

い。ハルカはかなり独特の感性で生きていて、だから今も美桜から離れずにいるのかもしれない。

「でも美桜には向いてないって。真実の愛をみつけなよ」

真実の愛、という大仰な語句に、美桜は瞬(まばた)きをする。

「光太(こうた)とかどうよ？」

コンビニでお菓子を買うような調子で聞く。

「三善くん？」

「呼んでみんね」

ハルカがスマホの画面に親指を滑らせる。

少しして、彼がやってきた。

こちらを見て浮かべた軽くて心地よい表情と、歩く姿の雰囲気。モテそうだと改めて納得する。

「なに？　どうしたの？」

「んーべつに。いいっしょ？」

「いいけど」

ハルカとやりとりして、向かいに座る。二人は今もよく話しているだろうことが伝わってきた。

「三人揃うの、懐かしくない？」

「たしかに」

ハルカの言葉に、三善くんがうなずく。

「いつぶりだっけ」

「公園で遊んでたとき以来だよ、たぶん」

「マジかー」

三善くんが広い背をイスにもたれさせ、すらりとした足を踵に引っかけて組む。

「まあ、アメ食いなよ」

ハルカがブレザーのポケットからアメを取り出し、二人に配る。

袋を裂いて口に入れると、ハルカっぽい甘く澄んだ味がした。

「光太って今、彼女いないよね？」

「いないけど」

「なんで？　めっちゃ告られてんじゃん」

アメが梅干しに変わったように、三善くんが唇を締める。

「……めっちゃってほどじゃ」

「ぜんぶ断ってるよね。なんで？」

「なんでって」

「好きな子いるとか」

あはは。彼が笑い飛ばす。ノーコメント。たぶんいるのだろう。

「美桜もモテんだけどさ」

ハルカが美桜の肩に手を置く。

「ああ、付き合ってるんだっけ」

「昨日別れたんだって」

三善くんがリアクションに迷う表情をした。

「んじゃあたし、行くわ」

ハルカががたんと立ち上がる。

「おい――」

「ごめんごめん、約束あって」

わざとらしく昔に流行(はや)ったてへぺろをして、猫みたいな足どりで校舎へ向かう人波に交ざっていった。

二人残され、テーブルが広くなった。

ハルカらしい雑なフリだと美桜は思う。

「なんか、あいつらしいな」

三善くんも同じ感想らしい。

「いろいろ自由でさ。ちょっと心配なとこあるけど」

妹を案じる兄の面持ちをする。もし彼がきちんと言えばハルカは素直に聞くだろうなと、なんとなく思った。

「元気か」

「うん」

「俺も元気」

彼が笑みながら頬でアメを転がす。きっと同じ甘い匂いがしているだろう。

校庭の賑わう音が少し変わった気がする。もうすぐ昼休みが終わるのだろう。どうしてか、ちょっとした響きや空気の感触でわかるときがある。

「彼氏となんで別れたの？」

普通の感覚ならば、何をどのくらい話すべきか迷うだろう。それは相手にどう思われるかを気にするからだ。

でも美桜はもう捨ててしまった。その心のありようは生きていく上でいちばん負担になるからだ。

「キスをされたら別れたの」

だから淡々と、推敲もなく言う。

三善くんは畑からそのまま抜いてきたような言葉の扱いに困っているふう。

「……安土さんが嫌がってたから？」

「ちがうよ。私は別にいいからじっとしてた」

枯れ木のように静かに。

「彼が抱きしめてきて、体がすごく熱くて、したいのかなって思った。でもずっとそのままで苦しかったから『したいの？』って聞いたの。『別にいいよ』って。そしたら……」

急に彼が離れて、なんだかひどく裏切られたような、汚いものを見る顔をしたのだ。

けれど美桜にとってそれは、幾重にもかさねた磨り硝子（すりガラス）の向こうの出来事のようで。

心が揺らぐことはない。

「なんでそう言ったの？」

「いいからだよ」

前を向いたまま、磨り硝子の景色を映しながら。

「もし三善くんもしたいなら言って」

ふいに——雨の降った気配がした。

美桜は空を仰ぐが、何ごともなく青い。数秒見張っても、粒は落ちてこない。

錯覚だったろうか。

視線を戻したとき、隣の三善くんが顔を背けていることに気づく。急にそうしたような不自然な体勢だ。

「どうしたの？」

「あー、なんでも」

彼が目許（めもと）を手で覆い、中指の腹でまぶたを横一線にこする。

「そろそろ予鈴鳴るな」

彼が立ったとき、合わせたようにチャイムが鳴った。

「行くな」

片手でひらりと挨拶し、校舎へ続く渡り通路に向かっていく。

こちらに一度も顔を見せることなく。

2

もしかしてあれは、泣いていたのだろうか。

美桜の脳裏に、さっきの彼のうしろすがたが残っている。

五時限目が始まってから、ずっとだ。自分にとっても意外なことだった。何かに興味を持つことなんて、とっくになくなっているはずなのに。

なぜか三善くんのことが離れない。

目にゴミが入ったのだろう。そんな理由しか浮かばないし、それが妥当に思える。

三階にある教室の窓から、グラウンドが見下ろせる。他のクラスの男子が体育でサッカーをしているようだ。

どうしてだろう。

細々動く男子たちの中から、三善くんの姿を一瞬でみつけてしまった。

なんとなくみつめる。

彼のプレーはたぶんそこそこだ。パスをしたりされたり、前に走ったり後ろに戻ったり。ただ、パスをもらうことが多い。好かれているのだろう。

だから、無理なタイミングでボールが回ってきた。

上からだとよくわかる。彼の背後に敵が三人いて、一気に詰め寄ってきた。

三善くんが振り向くが、万事休す。

「――？」

次の瞬間、三善くんが敵を全員抜いていた。

美桜の位置から見ても、何が起こったのかよくわからなかった。くるりと回ったのだと思うけれど、速すぎて。

抜かれた三人が固まっている。目の前で起こったことに追いついていない感じ。

ただ、もう一つ奇妙なことは、抜いた本人である三善くんまで固まっていることだ。

味方がゴールの前に走り込んで、パスを要求する。

三善くんはちょっと遅れて反応し、ボールを蹴った。

それが見当違いの方向に飛んでいき、ラインの外に出てしまう。

三善くんが「ごめーん！」というふうに両手を合わせて謝っている。ちょっとこわばっていたピッチの空気が、すっかり元どおりになっていた。

美桜の目には、彼がわざとそうしたように映った。

どうしてだろう。

そのとき、教師が黒板の左側を消し始める。美桜は、自分がまったくノートをとっていないことに気づいた。

放課後、初めて話す男子に屋上で告白された。

髪を隙なくセットし、お洒落な黒縁眼鏡をかけている。小さな目が離れていて、カマキリみたいな顔だ。

「えっと……？」

訝る彼の声に、美桜は我に返る。

ぼぅっとしていたらしい。いつもならすぐこう返事をするのに。

「いいよ」

「マジで⁉ 超うれしい！」

開けた口の歯が、やけに小さい。隙間なく並んでいるのにきれいな感じがしない。

「感動やぁ」

わざとらしい関西弁でおどけた。

連絡先を交換しながら、美桜は気づく。

彼は、これまで告白してきた男子たちとは違う。

美桜のことを、まったく好きでない。

ただ、するのが目的だろう。噂を聞いて近寄ってきたのだ。

「週末どっか行こうよ？」

世界がまた、粗く曇った硝子の景色になる。感覚が曖昧になる。

「いいよ」

こうして流されるまま磨り減っていけば、いつか消えることができるのかもしれない。

行きたいとこある？　と聞かれ、どこでもいいよと答えた。

それきり黙っていると、体を触られた。すぐ横に来て、腰に手のひらを当ててくる。されるがままにしていると、密着してきて、指にぐっと力を込めた。肌の弾力を味わって舐めるようにまさぐる。

見なくても、彼がどんな表情をしているのか想像できた。

屋上には誰もいない。開けた静寂。

髪に生温かい息がかかる。もしかしたら、ここでするのだろうか。

つっ——と、腕に水滴がかすめた。

頬に、こめかみに、ぱたぱたと冷たい水がぶつかる。

のっぺりとした薄い灰の空から、雨粒がまばらに降ってきた。

彼が離れ、空をにらむ。

少しも濡れたくないというふうに神経質に手をかざし、足早に出入口へ向かう。こちらを見て、

「何してんの」

美桜はそれに応じず、鈍くその場にとどまる。落ちる雨がみるみる増えてきたけど、動かない。

彼はちょっと引いた目をして、

「先行くから」

あっさり去っていった。

美桜はなんだか、何もしたくなかった。枯れ木のように立ち、冷たい雫を受け続ける。

細い雨が濃密になり、音が変わる。

遠くで風に白く波打ち、見渡す市街がくすんだ色になる。お城のようなホテルのピンクがしみったれて、川は泥水に。

美桜は濡れた鉄柵に両手を乗せた。

真下の校舎裏に人影はない。

砂利を混ぜたコンクリートの路面が水を帯び、ますます硬く鋭い印象に。

あそこに落ちれば死ぬだろうか。

べったりと張りついた髪から水滴が垂れる。全身が重い。

雨に打たれていると、体の重さに反比例して心のどこかが軽くなっていく。その不安定さに揺らぎながら、ふと――自殺したことはあっただろうか、と考える。

したらどうなるんだっけ。

揺らぎがカタン、と片方に落ちる。

同時に、美桜は枝の雪が崩れるように屋上から落下した。


浮遊感。


意識が加速して、時間がゆっくりと感じられる。

なぜか自分が地面に落下するまでの秒数が計算できた。淡々とそれを自覚していたとき、唐突に確信する。

自殺したことは、なかった。

「　　」

叫び声がした。

下で、誰かが走っている。

――三善くん。

美桜が落ちるところへ向け、まるで翼をはためかせているかのような信じられない速さで駆けてくる。

跳んだ。

かと思った刹那(せつな)。

かたくしなやかなものに包まれ、ふわ、と美桜の体の向きが変わった。

彼の顎(あご)と喉仏(のどぼとけ)が、すぐ目の前にある。

うなじと膝(ひざ)の裏を腕で支えられ、お姫様のように抱えられていた。

観覧車のてっぺんのように宙でひととき静止。またゆっくりと落下に転じる。

校舎二階の窓が、水平の高さにあった。

人間はこんなにも跳べるものだったろうか？

彼と目が合う。

みつめてくる瞳(ひとみ)の黒が湿って深い。降りしきる中、今にも泣いてしまいそうに映った。

三善くんのハンカチが、美桜の濡れた額をぬぐう。

美桜は目を閉じそれに任せている。さらさらとした綿から彼の家で使う洗剤の香りがした。

雨音の響きが、さっきまでと違う。耳の奥に心地よくしみてくる感じがした。

校舎の裏口の段にある狭い踊り場。その上に突き出した庇(ひさし)から、つたつたと雨水がこぼれている。

二人は並んで雨宿りをしている格好。

三善くんはずっと何も言わない。

「どうして」

美桜は素朴な問いを口にする。

「どうしてあんなに高く跳べるの」

彼はたたんだハンカチをポケットに入れた。

「体育のサッカーも教室から見てた。すごい動きをして、それからたぶんわざとパスを外してごまかしてた」

「見てたんだ」

「うん」

彼はそっか、というふうに前を向いたまま。横顔にあせりや深刻さはなく、いつものように軽く口角を上げている。

「普通じゃないよね」

したたる水の音が沈黙を埋め続ける。風もないのにこもった匂いが揺らぐ。

「実はさ」

彼は変わらぬ口調で言う。

「俺、英雄なんだ」

えいゆう。ふいの言葉で、変換に数秒かかる。

「……英雄？」

「みんなには内緒な」

どう受け止めようか迷ったあと、きっとそうなんだ、とありのまま信じることにした。彼はそういうもので、こっそりと世界を守っている。なんだかそれは、彼にとても似合っていると感じたのだ。

「わかった」

誰もいない雨の放課後。二人の立つ狭い踊り場だけが特別な場所であるかのように浮かんでいる。

「私ね」

美桜は彼に言ってみようかという気になった。

「実は100万回生きてるの」

隣にある肩から驚きが伝わってくる。

「どういうこと？」

う、にアクセントを置いた軽い調子で聞いてきた。

「そのままの意味だよ。生まれて死ぬのを100万回繰り返してるの。いろんな時代の、いろんな国で」

彼はひと息分の呼吸を置いて、ちょっと顎を上に向ける。

「なるほど」

腑に落ちたという響きを洩らした。

どういう意味だろう、と美桜は振り向く。

「いや、安土さんって変じゃん」

笑顔で直接的なことを言われ、さすがに少し面食らってしまう。

「俺は好きだけど、けっこう」

嫌みなくフォローしてくる。

美桜は濡れた前髪を指で直しつつ、こんなふうだから彼はモテるのだろうと理解した。

「100万回かあ」

三善くんがつぶやきながら扉にもたれかかる。

「信じるの？」

「俺が英雄だって信じてくれただろ？」

口笛のように言う。

「それってどんな感じ？」

「退屈」

「やっぱそうなるんだ」

「うん」

「いろんなことしたのかな」

「ほとんど覚えてないけど」

「１００万回だから？」

「そう。だからもう、どうでもいいの」

「……そういうことかぁ」

彼の耳にかかった髪から雫がふくらみ落ちようとしている。美桜は自分のハンカチを差し出した方がいいのだろうかと迷った。けれど今日、何度か使ってしまっている。

「たしかにきついよな。だるくてもういいやって気分になるかも」

「そうなの。とても疲れていて何もしたくないってことだけは、はっきりわかる」

「でも俺は、安土さんに生きててほしいよ」

さりげないようなのに、誠実な響き。なんだろう。変わらない表情からほんの一瞬、彼の素顔が見えた気がした。うまくは言えないけれど、そういうものが。

「死んだらまた、ぜんぜん違うところに生まれ変わるかもしれないんだろ」

「たぶん」

「ならもう会えないじゃん。俺と安土さんがこうしてるのはさ、１００万回に一回の出会いなんだよ」

「………」

たしかにそうかもしれない。

三善くんがこちらを向いて、穏やかに笑む。

「だから、もうちょっと生きててくれないか」

どうしてだろう。

どうして彼の声はこんなにもあたたかいのだろう。

自分の中に小さな石があって、その音の響きでぼぉっと燐光が灯るような、そんな心地がするのだろう。

「……三善くんは、誰かを好きになったことはある？」

気がつくと、そんなことを口にしている。

なぜだろう。

なんとなく。

「あるよ」

彼はあっさりと答えた。

「どんな人？」

「明るくて」

ゆっくりと雨に向く。まなざしが思い出す距離になる。

「世界で一番頭がよくて、人がいるとずっとしゃべってて、歌うのが好きだった」

話す横顔をみつめていると、本当にその子のことが好きだったのだということが伝わってきた。

「私とぜんぜん違うね」

「そうかな」

どうしてか、胸がほんの少し窮屈だ。

「安土さん」

彼がスマホを差し出す。

「連絡先、交換しようぜ」

交換した。

「なんかあったらいつでも話して」

画面に表示された彼のＩＤは、なんだか特別なものがここに入ったと感じさせた。

「うん」

コンクリートの庇からは水が伝い続けている。
けれど、雨はほとんどやんでいた。

3

よろしく、と短い挨拶を交わしたトーク画面を美桜はみつめていた。

ベッドにうつ伏せになり、置いたスマホを。ライトが暗くなるたび指で押して。

特に何も考えずに見続けている。逆に言えば、何も考えずにいられるほど没頭していた。

100万回生きていることを打ち明けた。

彼が英雄なのだという秘密を知った。

それを交換したお互いのつながりが、不思議とあたたかみをもっている。

安土さんに生きててほしいよ。100万回に一回の出会いなんだよ。そう言われたときのことを思い返すと、またぼうっと灯るものがある。彼の好きな人はどんな顔だろうと考える。なぜか夜の森の焚き火が浮かんだ。

ライトが暗くなっていないのに、美桜は指で彼のメッセージにふれようとする。

そのとき、画面が着信に切り替わった。

告白してきた男からだった。

チキンナゲットはどこで食べても同じ味がする。

カラオケルームの薄暗い照明、しけったにおい、液晶が流すアイドルのトーク。

美桜の隣で、男がランチのカルボナーラを食べていた。歯でぶちぶちと麺を切る顔が、本当にカマキリみたいに見える。

すごく行きたいとかランチ付きのクーポンを持ってるとか彼がいろいろ言って、次の日の放課後、カラオケに来た。

あからさまだなと思った。

段階を踏まなくていいと判断されているのだろう。

美桜はメニューからナゲットを選んだ。それが一番口に入れやすそうだったからだ。

食べている間、会話は生まれない。もそもそと間延びした時間が過ぎる。

美桜の人生そのものだ。

ここへ来るまで、かすかに血に灰汁が混じったような不快さを覚えていた。

けれどいざこの状況に置かれてみると、奇妙な落ち着きがにじんでくる。ずっと、どうでもいいと過ごしてきた。だからこれでいい。自分はこういうものなのだと。

「とりあえず歌う？」

「私は聞いてる」

「……そ。ほな、ワイが一番得意なやつー」

彼が入力機を操作する。アイドルを映していた液晶が本人映像のMVに切り替わり、イントロが始まる。歌いだすまでの微妙な間。

彼が慣れたふうに歌う。アーティストに寄せて声を作っていることがわかる。サビに聞き覚えがあった。わからないけど流行った曲なのだろう。

「美桜ちゃん、マジで歌わないの」

「歌えるものがないから」

「なんかあるっしょ」

入力機を押しつけてきた。

美桜は仕方なくタッチペンでつつき、探すそぶりをする。なんとなく開いたアニメのジャンルをスクロールさせながら、ふと……三善くんはどんな歌が好きなんだろうと思った。

ぎゅしゅ。

ソファの人工革が軋んだ音を立てる。

彼があのときのように密着してきた。

そして、後頭部に手をあてがわれる。

……………。

鈍くにぶく——腕の表面が寒くなった。

美桜は戸惑う。なんだろう、この感覚は。

後頭部の手に力が入り、頭が固定される。同時に彼が体ごと覆い被さるように回り込んできて、唇を合わせられた。

なんともなかった。

はずのその行為に、全身が粟立つ。

背筋と上腕がこわばり、足の親指が曲がる。

前のときも。

前の前のときも。

何も思わないし、感じなかったのに。

上唇を挟んでついばんでくる薄い皮膚の肉と濡れた粘膜の感触が、気持ち悪くてたまらない。鼻息がぶつかる。整髪料のきつい香り。

胸を摑まれた。円を描くように揉まれる。

刹那——頭の中でばちりと光が弾けた。

彼を突き飛ばす。

ふいをつかれ、あっさりとのけぞる。

美桜は立ち上がり、ドアに向かう。
「おい‼」
飛び出した。
階段を駆け下り、開きかけの自動ドアをくぐり抜け、店の外へ。
大通りの往来にぶつかりそうになる。
彼は追ってきていない。
けれどどうしてだろう。
美桜は走り続けた。
どうしようもない衝動があって、止まらない。
まるで今すぐ行きたい場所があるかのように。
腰でばたばたと跳ねるバッグからスマホを取り出す。
久しぶりの疾走に息を切らせながら画面を見て、指を滑らせる。
耳にあて、呼び出し音が途切れる瞬間を待つ。
そうしながら、美桜はようやくわかった。なぜ自分が走っているのか。
つながった。
「三善くんっ」
たまらず叫んでいた。

「三善くん、今どこっ？」

激しく行き来する空気に喉を痛めながら、心よりも速く。

『どうした？　何があった？』

彼の声が緊迫する。

「何もない、何もないよ、けどっ」

けど、向かっているのだ。

たどり着こうとしているのだ。

「どうしてかわからないけど、今すぐ三善くんに会いたいの！」

口にしたとたん、えもいえない爽快さが突き抜けた。

脇腹がきりきり痛む。脚が重くなって思うように上がらない。呼吸の音で頭の中がいっぱいになる。

美桜は笑っていた。

体を感じる。

こんなの、いつぶりだろう。

市役所の前に渡る並木道の終わりに、三善くんがいた。

美桜は力を振り絞って、駆け寄る。

三善くんが心配そうに向かってきた。

距離がなくなったとき、美桜は倒れ込むように抱きつく。彼の見た目よりも筋肉の張った胸板に額をあてながら、ふぅふぅと息をした。

「ほんとになんもなかった？」

彼の声が後頭部にふれると、そこが甘くしびれる。

そのまま動かずにいると、彼の手が丁寧に背中に置かれた。甘いしびれがじんじん染みこんできて、安心感が満ちていく。

あの手と、どうしてこんなに違うんだろう。

そう思ったとき、さっきのことが、唇の感触とともによみがえってきた。

――。

彼から離れる。

「安土さん……？」

汚れてしまっている。

美桜は感じた。

自分はもう、すっかり汚れてしまっている。

けっしてあるはずのなかった後悔が、黒い沼のごとくこみ上げてきた。

この1000001回目の人生を、どうでもいいと投げやりに生きてしまったこと。

美桜の目から、涙が落ちた。

それがまた感情を汲み上げ、激しく、とめどなくなって、土砂降りになった。

突然そうなった美桜に、三善くんはあわてず、むしろ穏やかになって。

「なんで泣いてるの」

やさしく訊ねてくる。

「……なんでだろうってっ」

ぼろぼろと溢れてくる。

「なんで今日までできとうに生きちゃったんだろうって、私……ないはずだったのに……けど三善くんがっ」

目の奥がひりひりして、まともに前がみえなくなって、手首でまぶたをぬぐう。鼻が痛い。胸の奥が熱さと寒さの坩堝になっている。

「三善くんがいるから、すごく今、うわああって後悔が、出てきて、それで、それがね……」

美桜は濡れたまなざしで彼をみつめた。そこに光が揺れている。涙の反射ではない。心を映す瞳そのものがきらきらと、生きていると、輝いていた。

「……うれしいの……」

美桜は喜んでいた。

「私、まだこんなふうになれたんだなって……何かがいやで、誰かが好きで、苦しくて悲しくて、ほっとなったりやり直したいってぐちゃぐちゃになって……私は、私の心はまだ……あったんだって……」

笑む。雨上がりに咲く花のように可憐で晴れ晴れとしたものを、彼に向けて。

「私、三善くんのことが好きだよ」

自分でも驚くほど自然に、告った。

すると、どうしてだろう。

真摯に聞いていた三善くんのふたつの瞳から、はたた、と透明な雫が一瞬で何滴も落ちた。

遅れてちょっとせつない顔になり、それからなんだか神々しいものに出会ったふうに、息が苦しそうなほど涙をこぼし続ける。

それは告白されてどうというものを超えていたから、美桜は戸惑ってしまう。

「どうして泣いてるの？」

抱きしめられた。

驚きとときめきが同時に押し寄せ、思考が止まる。

「俺も、好きだ」

熱を凝縮させた小さな星のような囁きが、世界の何よりも鮮やかに響いた。

彼の体がちょっと離れ、温度が揺らめく。

濡れた瞳が交わる。

キスされた。

彼の口づけは、今までされたものとぜんぜん違う。

すべてが綺麗(きれい)でやわらかな白い光に包まれ、自分がその一部になっていく——そんな心地がした。

4

朝。自分が目覚めたのがわかった。

いつもは諦めの名残がはじめに浮かぶ。

けれど今日は……芽吹こうとする種みたいな、むくむくとした喜びがこみ上げてくる。

起きて、すぐにスマホを見た。

いっけんありふれたその順序が、美桜にとってはかつてないものだった。

充電も忘れ枕元に放置したことも、灯る通知のランプに心躍ることも。

三善光太。本名そのままのアカウント。

『おはよう。筋肉痛どうだった？』

彼からの新しいメッセージにきゅんとなる。

その上には、昨夜交わしたなんでもないやりとりという楽しい時間の残り香。そこで明日筋肉痛になるかもしれないという話をしたのだ。

一晩放置したせいで、バッテリーが三十パーセントを切っている。あせって充電ケーブルを挿し、返事を打つ。

『ちょっと痛いかも』

語尾にかわいい絵文字をつける。昨夜のうちにあっさり使えるようになった。ちょっと大げさだけど、知らない自分をみつけたような気持ちだった。

すぐに既読がつく。彼がいるのだと感じてうれしくなる。

『大丈夫？』

『うん』

『よかった。じゃあ学校で』

学校。

学校へ行けば、今日も三善くんに会えるのだ。

なんて素敵なことなんだろう。


いつもの国道沿いの舗道を自転車で走る。

十月本来の過ごしやすい朝。

ペダルが軽い。

けれど学校に着きたいと逸る心にはとても追いつかない。そのもどかしさにさえ、幸福を感じた。

書店だったリサイクルショップを過ぎ、おっぱいばばあが出るという都市伝説のあったお城のようなホテルを過ぎ、川の橋の信号で止まった。

坂の下に校舎が見える。

もうすぐ彼との新しい一日が始まる。

美桜はなんだかたまらなくなって、スマホを取り出す。

『私、100万回生きてきてよかった』

こみ上げた思いを、どうしても今すぐ伝えたくなったのだ。

送信ボタンに親指を重ねたとき、突然――腕に力が入らなくなった。

手から滑ったスマホが地面に落ち、液晶がひび割れた。

「………、…」

全身から力が抜けていき、膝が折れる。立っていられなくなり、自転車ごと横倒しになった。

まわりで同じく信号待ちしていた生徒たちが数秒の間を置いて、騒然となる。

その声や姿が美桜から遠のき、感じられなくなっていく。

死ぬ。

はっきりとした予感が刻まれた。いや、ただ死ぬだけではない。

もう、よみがえらない。

自分がここで終わることを。永遠に消えてしまうことを。なぜか冷たく理解した。

――なんで。

口にしようとして、もはや声すら出せない。

ずっと望んできたことだった。100万回の生に倦み、ただ苦痛もなく消えることを空想してきた。

どうして。それが今、叶ってしまったのか。

――いやだ。

美桜は暗く閉ざされていく視界をにじませる。

――いやだ……。

ばらばらに壊れて散っていく魂が、最後に彼の名を呼んだ。

＊＊＊

川沿いの市街地から長くなだらかな一本坂を上った先に、市民病院がある。

三善光太も、ここで生まれた。

光太は今、沈んだ表情でその病院の自動ドアを抜ける。

大病院特有のシステム化された受付ロビー。数年前に改築され、すすけた病棟が大学のキャンパスのごとき建築に変貌(へんぼう)を遂げていた。

光太はまっすぐ奥のエレベーターへ向かう。ここに通うようになって一週間、すっかり道を覚えてしまった。

エレベーターを降り、病棟へ。

明るいようで暗い感じのする廊下を進む。大部屋の中が垣間見(かいまみ)え、白いカーテン越しにテレビがついている気配がした。

ときおり病院らしい臭いがかすめる。ロビーにはなかった澱(おり)を含んだような空気の淀(よど)みがあった。

光太は、奥の個室の前で立ち止まる。

『安土美桜　様』

浅い呼吸ひとつして、もしものときのために口角を上げ微笑みを作る。同時に覚悟をして――ドアを開けた。

椅子に座るハルカが、軽い挨拶で迎えた。

「おー、おつ」

「来てたのか」

「まーね」

光太はすぐ、ベッドにまなざしを向ける。

美桜がいた。持ち上げられたリクライニングのマットにもたれかかり、上体を起こした姿勢でいる。

目を開けているものの、入室した光太にいっさい反応しない。瞬きをし、ときどき瞳が動くが、そこに心の存在は感じられない。

いわゆる植物状態。

だが医師の診断は明確でない。その原因となるべき脳の損傷がないからだ。にもかかわらず、意識を司る領域が完全に停止してしまっている。

原因不明。

だが、心が死んでいた。

一週間前、登校中に倒れてから、ずっと。

「美桜、光太来たよ」

ハルカが、患者に対する丸みを帯びた声で話しかけた。

反応しない美桜を、光太はじっとみつめる。

心がないと、これほど印象が変わるのだろうかという貌。人形とも違う。目許や体の反射があるぶん異色が際立つ。生々しく虚ろな佇まいだった。

光太はハルカと並んで座り、言葉もなく佇む。

秋の薄曇りを切り取った窓と、陰になった病室。意識のある二人と瞬きだけをする美桜の合間に、奇妙な質感の静謐が漂う。

「…………」

光太はたまらなくなって、瞳の表面に涙の膜を浮かべてしまう。

もう何度も。こうなった美桜を前にするたびこみ上げてきてしまう。

絶望していた。

美桜はもう、よみがえらない。

魂が、燃え尽きてしまったからだ。

たぶんこの世でたった一人、光太はそう確信できる理由を知っているから。

ハルカが背中をさすってきた。

「美桜がさ」

ぽつりと言う。

「自分は100万回生きてるって言ってたの」

光太は驚き、ハルカに振り向く。

「光太も聞いてたんだ？」

表情を読み取ったふうに微笑み、ゆっくりと光太の背を撫で続ける。

「だからかな。そんなにいっぱい生きたら、メンタルもたなそうじゃん。だから……からっぽになっちゃったのかな」

それは、真相をつく鋭い考察だった。

ただ、訂正すべき部分がある。

「……美桜は100万回も生きてない」

光太の口から洩れる。

ハルカの手が止まった。

「たしかに何度か生き直してるけど、そんなにたくさんじゃない」

隠してきた秘密がこぼれている。光太は自覚して止めようとしたけれど、もう……

その理由がどこにもみつけられなかった。

「100万回生きたのは、俺の方だ」

そう。本当にそれだけの数を生きてきたのは、光太だった。

「美桜は記憶をなくしたせいで、自分がそうだって勘違いを起こしてた」

打ち明けて隣を見ると、ハルカはじっと真顔になっている。

「急に何言ってんだって感じだよな」

「……美桜も光太も、何回も生きてきたってこと？」

なんとか合わせようとしてくる。彼女らしい優しさの発露だ。

「ああ」

そこに甘えることにした。

今はただただ、誰かに語りたかった。

二人が今日まで辿った、二五〇〇〇年の物語を。

「光太は本当に100万回生きたの？」

うなずく。そして——

「最初の俺は、紀元前に生まれた英雄だった」

病室の天井を仰ぎながら、脳裏に記憶のようなものを浮かべる。それは時が経ちすぎて、もはやただの印象というべきものだ。

深い森。丘に築かれた城塞都市(オッピドゥム)。

「二五〇〇年前、ケルトと呼ばれた今のフランスのあたり。そこで生まれた神と王の子。名前は、タラニス」

光太は言う。

「そこで、美桜と出会った」

第2章
タラニスの歌

1

地平まで続く森と草原に、広くなだらかな丘があった。

丘の上は、レンガを貼り付けた土壁で数キロにわたり囲まれている。

ケルト特有の城塞都市（オッピドゥム）だ。

壁の中は一等地であり、丸太建築（ログハウス）が並んでいる。戦士・職人といった上流階級の住居や、ケルトの民が愛する馬の飼育場などだ。

ひときわ大きく立派な木造建物が、王宮である。

そこに、一人の青年が足を踏み入れた。

歳は二十歳。脱色した金髪を石膏（せっこう）で逆立て、頬には青の染料で描いた文様。片側を金具（フィブラ）で留めたマントが、彼の素早い歩みに合わせ揺れる。

衛兵が、彼を見たとたん背筋を伸ばし、最大の敬意を示す。

宮廷に集っていた臣下たちも、波が届いていくようにさざめいた。

「来たぞ」

「タラニス様が来た」

みな、崇敬のまなざしを向ける。武勇を何より尊ぶケルトにおいて、強き戦士は憧(あこが)れの対象であった。

まして、神の血を引く英雄ともなれば。

さらに、タラニスの腰に差された剣。

どんな職人にも成しえない美しい細工が施され、わずかな光に湖面の太陽のごとく煌(きら)めく。神の加護を受け、けっして汚れることも錆(さ)びることもない。

「湖の女神より授かった聖剣アールガット！」

「あいかわらずなんと神々しい」

英雄タラニスは王の前に参上し、ひざまずいた。

玉座にかける王は、齢(よわい)五十ほど。勇猛だった若き日の覇気は消え、長年の政務による疲れが深い皺(しわ)となって刻まれていた。

「頭を上げよ」

タラニスは従い、面と向き合う。

その顔立ちは他の者たちと大きく異なり、東方の民の特徴が濃く現れていた。瞳(ひとみ)の色も新月のごとき黒である。

三善光太と、同じ顔だ。

弦の音が鳴り響く。

宮廷付きの詩人（バード）が竪琴（たてごと）を奏で、タラニスの賛歌をうたおうとしていた。

ケルトにおいて歌は、人から人へ歴史を伝える唯一の手段である。ゆえに歌は大きな意味を持ち、それを司る詩人には高い社会的地位が与えられていた。

神の子　予言されたアルウィーの英雄よ

旋律に乗せ、彼がいかなる英雄であるかが語られる。

生前に「神の子である」と予言されたアルウィー族の王子。七歳で初陣してから数々の武勲を挙げ、湖の女神より聖剣アールガットを授かり、邪悪な巨人を討ち滅ぼした――。

歌が終わり、場には儀式然とした余韻がたゆたう。

「タラニス」

王が重く枯れた声で呼びかけた。

「そなたに、竜の討伐を命じる」

＊＊＊

昼下がりの市民病院。

その病室で光太は、自分と美桜を巡る長い物語を打ち明けている。

「ああ。俺はケルトの英雄タラニスだった」

とはいえ、現実離れした話にしか聞こえないだろう。

「いきなり言っても、さすがに信じられないよな」

「信じるよ」

ハルカがあっさり言う。

「光太がそう言うなら、そうなんでしょ」

黒目がちのまなざしには、子供時代の透明さが不思議なほど残っている。幼い頃から、光太に対して妙に素直なところがあった。

「そうか」

「マジで？」

ハルカが聞く。

「うん」

ハルカがベッドに目を向ける。

美桜が、リクライニングのマットにもたれかかったまま虚ろな顔でいた。

「そこで美桜と会ったって、どういうこと？」

「このあと出てくる」

「マジか。ぜんぜんわからん」

つぶやきながらバッグを開け、中から編みかけの手袋を取り出した。膝に置いて、かぎ針を構える。

「聞く体勢」

「なんだよそれ」

光太は苦笑いし、

「だいぶできてきたな、それ」

「まあね。今日中には終わるかな」

見舞いのときはいつも編んでいる。最初はそんな趣味があったのかと驚いたものだ。

「ねえ続き。竜の退治を命令されて、どうしたの？」

「もちろん受けた。宮廷は大盛り上がりだ。これを成せばタラニスが次の王だと。アルウィーは更なる繁栄が約束されると。そのとき——森の賢者から予言が届いた」

「森の賢者？」

「偉大な魔術師だ。現代ではドルイドっていう呼び方で伝わってる」

「ふーん。どんな予言だったの？」

光太は答える。

「『竜は死ぬが、英雄も死ぬ』。宮廷は一瞬で静まりかえった」

2

タラニスの心は、ケルトの戦士そのものである。

故に、死は怖れない。

死ねばいっときドンヌの家に帰り、また別のものに生まれ変わる。魂は太陽の巡りのごとく終わりのない円環を描くもの——それが古くからの教えだ。

だからタラニスは死の予言を平然と受け入れ、旅支度を進めている。

夜明け前、王宮にほど近い一等地の自宅。

蜜蠟(みつろう)の蠟燭(ろうそく)が照らす室内は広く、調度も上質なもの。

壁に掛けた聖剣アールガットの光は、今は鈍い。王宮では燦然(さんぜん)としていたが、まるで意思あるもののごとく時と場に応じて振る舞いを変えるのだ。

それをなんとなくみつめながら、タラニスはあの日のことを思い出す。

『神と人の子よ、我が聖剣を求めるか』

あの日、タラニスは聖なる導きによって、湖面の上を歩いていた。

霧に覆われ、遠くは見えない。水の向こうにあるという楽園へ至る道ではないかという気がした。

そのとき、上空より声が聞こえたのである。

仰ぐと、三羽の烏が輪を描きながら飛んでいた。

黒が二羽。残る一羽は、白。

収束する渦のごとくタラニスの前に降下し、女神の姿になった。

長い黒髪の一部が烏の羽になっている。乳房が露（あら）わになった白いドレスをまとい、艶（あで）やかな微笑を浮かべていた。

タラニスは自（おの）ずと膝をつく。

姿は人と変わらない。だがその形を成しているものが血や肉ではない、まるで別の理（ことわり）によるものだということがわかる。その神気に、半ば人であるタラニスは逆らえないのだ。

「英雄よ、聖剣を求めるか」

「どうか」

すると、女神のわきの水面（みなも）から、乙女の腕が白い花のごとく伸びてきた。輝く聖剣を捧(ささ)げ持っている。

「誓いを立てろ」

女神がタラニスを見下ろす。神々しい瞳は、虹(にじ)を宿すかのごとく絶え間なく色が移り変わっている。

「生涯、我以外を決して愛さぬと」

女神は、英雄の心を求めた。

タラニスに迷う理由は存在しない。誓いを立てるべく、左手を挙げた。

女神は応(こた)え、タラニスの手のひらに自らのそれを重ね合わせる。

タラニスは誓う。

「――〝タラニスは湖の女神以外の者を決して愛してはならない〟」

たちどころに神秘が現れ、重なる左手の薬指が白銀に輝く。

かくして、神聖な〝誓い(ゲッシュ)〟が成された。

女神が白い腕から聖剣を取り、授ける。

タラニスは頭(こうべ)を垂れたまま両手を差し伸べ、授かった。

「我を見ろ」

目を上げると、すぐそこに女神の顔があった。

瞳の色が熟れた果実の赤に染まる。そこには美しい破滅の相が浮かんでいた。

妖艶に笑む。むせかえりそうな甘い香りが立ちこめる。

「なんと猛く美しき英雄よ」

なまめかしくつぶやいた唇が、タラニスに重ねられた。


旅の支度が終わったとき、外で馬車の音がした。

家の前で止まり、ほどなくして無遠慮にドアが開く。

豪奢なマントを羽織った男が、ひょろりと現れた。

「兄上」

タラニスの呼びかけに、腹違いの兄が反射的に顔をしかめ、

「支度はできたか」

「今しがた」

「王が心労で臥せってしまわれた。しばらくは安静が必要とのことだ。それに伴い予定に変更が生じたので、オレが直々に伝えに来た」

「ありがたく存じます」

礼を尽くす弟に、兄は鼻白む。

「まず、見送りの儀は取りやめだ。お前には準備ができしだい発ってもらう」

竜討伐に赴く英雄の旅立ちを、都市の住人たちで盛大に見送ろうという王の計らい

だった。

「はい」

タラニスは粛々と応じる。

「それから」

兄が齧歯類に似た口をにやりと歪める。

「屈強な戦士団を付ける件も、なしだ」

王はタラニスの死を少しでも遠ざけようと、選りすぐりの戦士たちを旅の供とすることを決めていた。

死んでも生まれ変わる。

しかし今、この国から英雄タラニスが失われてしまう影響はあまりに大きい。少なくとも現在の勢力を保つことは難しくなるだろう。

「国の守りを疎かにはできないからな」

だが、それでもなお、兄は王の意向を覆した。

「見送りの件も、斯様な情勢ゆえだ。そなたの名誉を軽んじているわけではないこと、わかるな」

「はい」

兄にずっと嫌われていたことは知っている。英雄である自分に嫉妬しているのだと。

自分がないがしろにされていると感じ、その恨みをすべて向けられている。

だが、特に思うことはない。

もし名誉を汚されたならば命をかけて戦わなければならないが、兄もその一線は越えてこない。であれば、礼節を保つのみだ。それが誇り高き戦士。英雄というものなのだから。

「そのお考えが正しいかと」

「お前がオレの正否を評すのか」

「出過ぎたことを申しました」

兄はフン、と鼻を鳴らし、黄金の首輪(トルク)を神経質に撫(な)でる。

「だが、詩人は付けてやる」

タラニスは思わず兄を見た。

詩人は歴史の記録者、伝達者である。ゆえに各地を旅することは日常的に行われている。吟遊(ぎんゆう)と呼ばれる行為だ。

とはいえ、英雄の死地に同行など聞いたことがない。

「宮廷詩人の弟子だ。どうしてもと自ら志願したらしい。すべての詩を半年で暗記した天才だそうだ」

古来より蓄積された膨大な詩編の暗記には、平均して二十年もの歳月がかかる。それをわずか半年で終えるのは尋常な才ではない。

おい、と兄が外に向かって呼びかける。

ドアの縁でそっと影が動き、姿が現れた。

美しい少女だった。

賢そうなまなざしの輝きがまず飛び込んでくる。

髪は肩にかかる程度の短さで、ケルトの女性には珍しい。整った目鼻立ちは凛々しく、そのせいで無表情がことさら硬質に映る。怒っているのではないか、そう思ったとき——

「ミアンと申します。あなたの歌を作るため、お供をさせていただきます」

微笑みを浮かべたとたん、花が咲いた。

まるで魔法のごとく、一瞬で愛嬌たっぷりの顔になる。

「女だがな」

兄が小馬鹿にしたふうに言う。

「顔はいいが変わり者で、十七になっても嫁の貰い手がないらしい」

ミアンは雪玉をぶつけられたときみたいに目をつぶり、おどけて肩をすくめる。

刹那。

タラニスは、その雪片に反射する眩さを見たような気がした。

⁂

「……女神ってさ、いたんだ？」

　ハルカが聞く。

「ああ、いた」

　光太は答える。

　廊下からはなんの音も響いてこない。病室はひっそりと静かだった。

「女神も竜も、あのときは本当にいた」

「やばい」

　あまりそう思っていなそうにつぶやく。

「紀元前やばすぎじゃん」

「……『歌の時代』」

「へ？」

「美桜はそう言ってた。人の歴史が歌で紡がれていた時代。まだ文字の灯（ともしび）が届かないところには、本物の神秘が存在していた」

ハルカがぱちりと瞬きし、こちらを向く。

「美桜がそんなこと言ったの……？」

驚くのも無理はない。

「話していけば、おいおいわかる」

「これは長いやつ―」

楽しそうに体を揺する。ハルカはなぜか幼い頃から光太の話を聞くことを好む。にこにこと嬉しそうになる。「なんか落ち着くから」と理由を話す。

「ていうかさ、ミアンってかわいかった？」

「……ああ」

答えて、光太はゆっくりと視線を動かす。その向かう先に、ハルカもつられていく。

行き着いたのは――起きたように眠り続ける美桜。

「ミアンは、美桜の前世だ」

3

「タラニス様、『文字』って知ってる？」

ミアンが歩きながら聞いてくる。

「モジ？」

「それ使うとね、歌より簡単に、正確にものを伝えられるんだって」

旅立ってすぐ、ミアンはこのようなくだけた口調になった。

国の英雄を相手に普通はありえないことだったが、彼女のそれは可愛げがあり微笑ましい。もう何年も人々に崇(あが)められてきたタラニスには新鮮で、心地よさすらあった。

「歌ではないのか」

「なんかね」

ミアンが立ち止まり、道の砂利にブーツのつま先を押しつける。

「こうやるの」

がりがりと動かし――「α」という形を書いた。

「これが声の代わり。たくさん並べると言葉になるんだって」

タラニスは地面に書かれた文様をみつめる。

「さっぱりわからない」

「だよね。わたしもよー」

ミアンは軽く応え、

「だからさ、いつか学びに行きたいんだ」

前を指さす。地平まで続く草原と森の、さらに向こう。

「ずっとずっと南。魔の山（アルプス）も越えた先にあるっていう、アテナイの国に」

夢見る瞳が輝いている。タラニスがこれまで見てきたどのまなざしよりも澄んで力強い。

「歌をこんなふうに刻めれば、受け継がれてきたたくさんの歴史や素敵な物語を、誰でも好きなときに知ることができるようになる。それって素晴らしいことよ。全員に全部の歌を聞かせることはできないもん」

「歌は神聖なものではないのか？」

「そうだけど。師匠や先輩は『文字なんてけしからん』って言ってるけど。でもずっと残せると思うの。わたしがこの旅で作るあなたの歌もね」

「………」

「ばっちりいいのに仕上げさせてもらいます」

きりっと言ったあと、眉間（みけん）にしわを寄せ目をつむるように笑う。タラニスの死の予言については、どうやら聞かされていないらしい。

再び歩き始める。

都市を出てほどなくは、丘の下に住む農奴たちの集落や放牧された牛の姿があったが、太陽が昇りきった今はもう、草原と道しかない。風はなく、初夏のからりとした大空が広がっていた。

「いい天気ー」

ミアンが間の抜けた顔でつぶやき、

「歌おっかな」

と、背袋から小さな竪琴を取り出す。歩きながらつま弾いた。

彼女は、じっと黙っていることが少なかった。

よくしゃべり、よく動く瞳で何かをみつけてまた話す。奏でて歌う。それは頭の回転の速さであり、くだけた態度の裏に隠れた人に対する繊細さの発露のようだった。

素朴な弦の音と、彼女のあたたかみのあるメゾソプラノの声が響く。

タラニスは旅路を進みながら、神の恋物語に静かに耳を傾けていた。

「道って不思議よね」

ミアンが歌の途中で話す。竪琴を弾いたまま、

「誰かが決めたわけじゃないのに、みんななんとなーく同じ所を通るようになって、できてくの」

「そうなのか」

「そう。祭で川沿いに人が集まったとき目撃したの。『あっ、これが道のできる瞬間か!』って」

彼女はタラニスが考えたこともないようなものを見ている。

「花」

ミアンが道の脇に目を向けて言う。

赤い釣鐘型の花が、両手を広げたくらいの範囲で群生していた。

「なんだろう? 初めて見る」

ミアンは足を止め、離れて咲く一輪に「きみは一人が好きなの?」と話しかける。

「シュナフタ」

タラニスが言い、ミアンの隣に屈(かが)む。

「山の上にある花だ。よくここで咲けたな」

「詳しいね」

タラニスは気まずく口をつぐむ。戦士が知るべき事柄ではない。

「花の名を知る英雄、か」

つぶやき、彼女は頬をつるんと丸めて笑む。

「よいと思います」

そこにからかう色はなく、純粋にそう感じていることが伝わってきた。タラニスはなんと返していいのかわからず、黙って花に指を差し向ける。花弁の裏側が少しひんやりとしていた。

ふと、こんなことが口をつく。

「俺は歌で聴く方が好きだ」

ミアンは一瞬きょとんとして、それから話のつながりを理解したふうに言う。

「わたしも歌うのは好き」

並んで花をみつめた。

そのとき、上空で鳥の鳴き声が聞こえた。

タラニスは、はっと仰ぐ。

黒が二羽。白が一羽。三羽の鳥がゆっくりと輪を描きながら飛んでいる。

「どうしたの？」

ミアンが同じところを仰ぎながら、不思議そうに訊ねてくる。彼女には見えていないのだと理解した。

「何かいる？」

「……いや。もう行こう」

4

夜の森は異界と化す。

たいまつをかざして慎重に進むと、木立の向こうに夜目を光らす獣と出会う。——そんなふうに、ごく自然と魔物(シー)がいる。

全身が黒い影となった首なし馬が、タラニスとミアンをみつけた。音もなく駆けてくる。

「——ひ」

恐怖に引きつるミアン。

タラニスが前にかばい立ち、抜刀する。

鞘(さや)の隙間から銀光が噴き出し、抜かれた剣が昼のごとくあたりを照らした。

神威に怯(ひる)む魔物が足を止めようとする。

だが、もう遅い。

タラニスはすでに、魔物の前にいた。

剣を振ったとしかわからない目にとまらぬ動作があり、通り過ぎる。

次の瞬間——魔物の胴が真っ二つになり、黒い霧となって消滅した。

タラニスは剣を納め、振り返る。

「あと少し行けば泉がある。今日はそこを宿にしよう」

ミアンは、初めて見る英雄の業(わざ)に呆(ほう)けている。人とは思えぬ疾(はや)さ、まさに雷のごとき出来事だった。

「……タラニス様は、本当に神の血を引いてらっしゃるんだね……!」

感極まった顔で言い「あ、なんか泣きそう」とまぶたを押さえる。

泉のほとりに石と枯れ枝を集め、たいまつを移して焚(た)き火を起こす。

鍋(なべ)で湯を沸かし、ミアンが塩漬け肉と香草を入れてスープにした。そこに旅用のパンを付け合わせたものが今夜の食事だ。

「ありがとう」

ミアンからスープを受け取り、タラニスは上る湯気を数回吹いて、すすった。

タラニスは気づくことがあり、眉(まゆ)を上げる。

「どう、です?」

ミアンが緊張の面持ちで聞いてきた。

「ああ、うまい」

「よかったぁー」

あからさまにほっとなり、

「こういうときのごはんって、ほとんど作ったことなくてさ。でもなんか一瞬、眉がぴくってなってなかった？」

「俺が作ったときと味が違うと思ってな。材料は同じなのに」

「へえー、そう？」

「ああ」

「面白いね。じゃあ明日は、タラニス様のやつが食べたい」

「わかった」

「楽しみ」

ミアンは言って、スープを飲む。すするとき、眉間にしわが寄ってしかめ面になった。

乾いたパンをスープに浸けてふやかしながら、口に入れていく。

「パンを軽く火であぶると、香ばしくなってうまい」

「あ、そっか。さすが」

そんなふうに食事を終えた。

「タラニス様のこと、聞かせて」

　焚き火越しに座るミアンが、詩人の竪琴を抱いている。

「俺のこと？」

「今ある歌は、功績しか語ってない。それじゃ不充分だと思うんだ。わたしはもっとちゃんと、英雄タラニスがどんな人なのかを知りたい」

　真摯（しんし）なまなざしで言う。

「そういう歌を作りたくてついてきたの」

　彼女の情熱が伝わってきた。この年頃だから燃やすことのできる、純粋でひたむきな火。現状を自分の手で変えたいという。

「…………」

　タラニスは言葉に詰まる。どんな人かと聞かれて、何を話せばいいのかわからない。

　すると。

「わたしは奴隷だった」

　ミアンが竪琴をつま弾き、語り始める。

「戦争で家族が殺されて、奴隷として売られて、豚の世話とかを九歳まで。その頃のことはほとんど覚えてなくて、体が動いてただけっていうか」

悲惨であるが、よくある話だ。

即興の旋律に乗せ、彼女は続ける。

「それでね、ある日のお使いの途中、偶然、町に来てた吟遊詩人の歌を聴いたの。わたしの記憶は、その瞬間から始まった」

思い出すため斜め下を見る瞳が、きらきらと照る。

「詩人のあとについて行ったの。町を出たから、わたしも出た。いま思うと誰にも止められなかった。お付きに見えたのかな。詩人には迷惑そうにされたけど、ご飯は少し分けてくれた。でもさすがに次の町で振り切られてね。どうしていいかわかんなくてさ……広場だったし、とりあえず覚えた歌をうたったの」

旋律が変わる。そのとき歌った曲だろう。

「我ながら才能があったみたいで。人がどんどん集まってきてね。こんな小さい子なのにすごい、みたいな感じかな。そこで師匠に拾われたの」

先日タラニスの賛歌をうたった宮廷付きの詩人だ。

ミアンが曲を結ぶ音をつま弾き、手を止めた。

「そして今日に至る。――これがわたしの歌」

口角を押すように微笑を浮かべる。形のよい薄い唇がぴんと艶めく。

それからそっと、まなざしを向けてきた。

タラニスは集めた枝を一本拾い、火にくべる。

「俺の母上も奴隷だった」

王が商人から献上された、はるか東方の民。

黒い髪と目、異なる顔立ち。物珍しさから王は何度か夜伽をさせ、そのあとは他の奴隷と同じく働かせた。

それからほどなく、森の賢者が予言を得た。

その女から生まれる子は神の血を引く英雄であり、国に大いなる繁栄をもたらす――と。

「俺が七歳の初陣で敵将の首を取ると、国中が盛り上がった。予言は正しい、タラニスは英雄だと。母上は奴隷の身分から解放され、王宮そばの一等地に家を与えられた。母上は俺を抱きしめ、泣いた。奴隷でなくなったことや家がうれしいのではなかった。英雄を産めたことが私の人生の誇り……そう言って泣いたのだ」

抱きしめられた感触が、母の涙と言葉が、幼いタラニスの心に深く刻み込まれた。

それから母は、死ぬまで幸福そうだった。

人生の意味を見いだせた喜びに、満月のように丸く光っていた。それが自分のおかげだと思うと、タラニスは嬉しかった。

「それから一年も経たぬうち病で死んでしまったが、英雄の母になれて幸せだった、私は役割を全うしたと、最期まで穏やかに逝った」

だからタラニスは、それからも英雄として生きた。

母を喜ばせた体験。それが唯一、道を示す星だったから。

ミアンが黙ってこちらをみつめている。そのまなざしはやわらかく、蜜のように照っている。

なぜだろう。不快ではないのに妙に落ち着かなくなる。それを払おうと、タラニスは切り出す。

「ミアン。今のうちに言っておかねばならないことがある」

「なにかな」

「俺はこの竜討伐で死ぬ」

二人を挟む焚き火が、音もなく揺れた。

彼女のこわばりを見て、やはり聞かされていなかったのだと再確認した。

「予言があったのだ。竜も死ぬが俺も死ぬと。おそらく相討ちになる。だから、お前を最後まで伴わせることはできない。山に近い集落で別れようと思う」

さほど遠くはない。六日も歩けば着くだろう。

「それまでに、聞きたいことは聞いておいてくれ」

ミアンは長い吐息をついてうつむき、自分の頭を一度、二度と撫でる。そのまま止まり、やがてゆっくり顔を上げた。そこにあるのは、詩人のまなざしだった。

「生まれ変わったら、何になりたい？」

タラニスはすぐに思い至る。ひそかに抱く望みがあった。

「……花を育てたい」

「おお」

ミアンは驚きと納得を混ぜたつぶやきを洩らす。

「いつから花が好きだったの？　きっかけとか」

「……巨人の山を登るさなか、花園に出た」

ふいに開けたささやかな野に、白い花が一面に咲き誇っていた。

「見たことのない星の形をした花だ。中心が黄色く、花びらは薄く雪が積もったかのよう。美しさに胸が震えた。妖精の国に入ってしまったのではと焦った。……アルウィーに戻ってからも思い出した。あの花をここで咲かせることはできないかと。皆にも見せたいと」

ミアンはまぶたを閉じて天を仰ぐ。何かを得たというふうに。

「素敵だね」

「だが、戦士の考えることではない」

「どうかな」

「生まれ変わったらの話だ」

「うん」

ミアンは枝を拾い、形を吟味するように回し見てから、火にくべた。

「恋をしたことはある？」

「ない」

「ありゃ」

「俺は、湖の女神以外愛してはならない」

「……『誓い（ゲッシュ）』だね」

ケルト世界に存在する神聖な規律である。大いなる力や加護の代償に、してはならない禁忌を誓う。

夜が深まり、森の気配がしんと沈み込んできた。

ほの明かりに浮かぶオークとエニシダの花も、眠りについたかのよう。

「じゃあ最後にひとつ」

頃合いを知ったミアンが言う。

「なんでも手に入るとしたら、何がほしい？」

タラニスは静かに息をつき、澄んだ夜空に双眸（そうぼう）を置く。

ほしいもの。ひとつだけある。

「友がほしかった」

ミアンがせつなげに瞬きする。

「いないの？」

「ずっと戦いばかりしてきたからな。幼い時分から大人に交じって戦をし、そうでなければ魔物討伐に出ていた」

目に焼き付いている瞬間がある。

去年、討伐に旅立とうとしていたとき、野原で子供たちが楽しそうに球技（ハーリング）をしていた。

そのとき急に胸が締めつけられ——あそこに交ざりたい、という衝動に駆られた。

「俺はもう大人で、あそこには入れないのに。子供だったときはまったく気にならなかったものが、失われた今になって、むしょうに貴重なものに感じられたのだ。友がいなかった。あんなふうに遊ばなかった……そんな思いが、押し寄せた」

子供たちは英雄に気づき、嬉しそうに手を振ってきた。振り返しながらタラニスは、そこにあるどうしようもない時の隔たりにかなしみを覚えたのだ。

「なら、わたしがなる」

ミアンが言った。

「あなたの友に。わたしがなる」

陽らかに澄んだ笑みを浮かべ、タラニスの隣にすとんと腰を下ろす。そして手を差し出した。

「よろしくなっ」

おどけた口調。

タラニスは戸惑いながら、流れに押され握手する。ミアンが白い歯を見せ、つないだ手を上下に揺らした。

二人がくべた枝が燃え、火が盛んになった。

タラニスは彼女の手の小ささを感じた。

「指先、硬いでしょ。ずっと弾いてるから」

掌に細い指先がふれている。たしかに硬い。けれど長い月日鍛錬された質感だ。

「いい手だ」

するとミアンは、

「いやあ」

と、雪玉がぶつかったふうに笑う。

そのときわかった。彼女が笑うとき目をつむるのは、照れたり恥じらったり、そういう繊細な機微の表れなのだと。

その表情のあり方が、なんだかとても美しいと思った。

意識した刹那、タラニスははっとなる。

つないだままの手に気づき、ミアンと目が合う。

火に揺れる瞳の光。何かが通じ合っている感触がした。

ミアンは手を離し、そっと立ち上がって、また向かいに座る。

「歌えそう」

竪琴を引き寄せた。

顎を上に向けて瞑想し、確かめるように細かくうなずく。

白い喉がつばを飲んで動く。

鍛えた指でなめらかに弦を弾きはじめ。

息を吸い、夜の森に向かって喉を震わせた。

手には剣　胸に花　愛を知るタラニス

王と奴隷の子として生まれ、母の喜びに応え英雄たらんと生き、花を愛で、友と遊びたかったと失われた時を思う——。

それは英雄の功績を語る賛歌ではない。

タラニスの歌だった。

頬が濡れている。
タラニスは自分が泣いているのだと気づく。
母が死んだ日以来のことだった。
けれどあのときの涙とは違う。ほのかな甘みさえある心地よいものだった。
もらい泣きの目をしたミアンの、やさしく清らかな歌が響く。

＊＊＊

「いーじゃーん」

ハルカがにやにやしている。

「これは恋に落ちるやつでしょ」

「ああ」

「ヒュー！」

ばんばんっ、と光太の背を叩く。

「なると思ったー」

「いてえ」

「お。顔、戻ったね」

「え？」

「タラニスになってたよ。なんか」

光太は自分の頬を押さえる。わずかにこわばりが残っていた。

「……うん」

つぶやくハルカのまなざしが、感慨をかみしめるように潤む。自分の膝のあたりを見ながらゆっくりとうなずく。

「ふたりは、前世の恋人なんだね」

「ああ」

光太は、ふと暗さを感じて窓を見た。曇り空が水を含んで重そうになっている。

「……実際には、付き合ってないけどな」

「どういうこと？」

「話しただろ。『誓い』があるって」

「あー」

「あのあとすぐ、女神が俺の前に現れて警告した。『誓いを破れば聖剣は失われ、天が落ちるより怖ろしいことがお前の身に起こる』と」

「こわっ。女神、超地雷じゃん」

「でも皮肉だった」

「なにが？」

「俺はまだ自分の感情をつかめてなかったのに、逆に気づかされた。ミアンを好きになったんだって。これが恋なのかって」

ハルカが黄色い声を上げつつ縦揺れする。

「それで？」

「何もなかったよ。お互い好きになっていったのは感じたけど、誓いがあるから、どっちも言えなかった。そのまま旅を続けて……竜の棲む山に着いた」

窓から、ささやかなものが無数に爆ぜる音が聞こえてくる。

雨が降り始めた。

5

雨が降っている。

暗い緑をした川面に円の波紋がしとしとと広がり、流れのままに消えていく。

そこにタラニスとミアンの乗った小舟が進み、引き波を広げていく。

「ねえ、タラニス」

フードをかぶったミアンが、静かに切り出す。

「あなたが死んでも、友のわたしがずっと憶えてる。あなたの歌をみんなに、世界中に聞かせていくから」

向かいに座るタラニスは、彼女の聡明で美しい顔をみつめている。

ふたりの間には、この短くも凝縮された旅で積み上げた覚悟があった。

だからタラニスはもう何も言わない。ただ、胸が澄んでいく。自分が死んでもミアンが生き続ける。そのことに、不思議なほどの安堵を感じた。

タラニスは櫂をこぎ、川の本流から脇に入る。

巨大な石灰岩が水に穿たれてできた、天然のアーチが迎えた。

丘の頂上ほども高いアーチを、ふたりは見上げながら通り過ぎていく。岩の表面は風雨の浸食により、おびただしい筋が刻まれていた。

その先には狭い入り江があり、そして——目指してきた山がそびえていた。

裾野から中腹まで深い森に覆われ、そこから上は岩が峻厳に切り立っている。頂上は霧にくゆり、判然としない。

竜の棲む城砦だ、とタラニスは思った。

舟底の先が浅瀬の砂にこすれる。

ふたりは水に降り、舟を岸へと引き上げた。

「ふぅっ」

ミアンが、あえてというふうに声を出す。

「着いたね」

タラニスは服の裾を直すミアンに、改めてという気配で向き直る。

察したミアンの表情がしおれていく。

ここが、ふたりの決めていた旅の終着点。

タラニスはかぶっているフードを下ろした。

ミアンは緩慢に向き合い、フードを下ろす。

その痛みを待つようなまなざしを受けながら、タラニスは彼女に贈る別れの言葉を探す。

けれど、出ない。

みつからないのではない。すぐそこにあるとわかっているものを、取り出さずにいる。

そのとき。

ざあっ。雨がいきなり激しくなった。

タラニスはフードをかぶり直す。

「しのげる場所を探そう」

とたん、ミアンの表情が救われたようにほぐれる。

「うん」

すぐにフードをかぶった。その口許がほころんでいる。

ここで別れることが正しいと互いにわかりながら、離れたくない強烈な恋心が、ささいな言い訳を正当化させた。

「ミアン」

タラニスは手を差し出す。

ミアンは嬉しそうに、握った。

雨が穏やかになってもふたりは離れず、ともに山を登り始めた。

踏み越えてしまった熱さが加速する。互いの顔を目に映せることが、話せることが、ふれあえることがただただ幸せで、止められなかった。

竜の棲処に向かいながら、まるで楽園を歩いているような心地でいる。

タラニスはこのひととき、人生で初めての青春を過ごしていた。

「そんなに面白いのか？」

草木の感触を手でたしかめているミアンに聞く。

彼女は山道を歩きながら、わきにあるいろいろなものをさわった。草や木や岩、目についたものに手のひらを当て、指でこする。

「どんな感触かなっていうのもあるし、頭を休めてるの」

「頭を？」

意外な答えに聞き返す。

「そう。ああこんな感触なんだ―新鮮―って思ってるうちに、頭がすっきりするの」

「そういうものか」

「わたしはね。触ってみる？　この草、表面が独特だよ」

彼女の隣へ行き、大ぶりの葉に手を伸ばす。正直に言うとそれほど興味があるわけではない。

けれど。

「表面が妙に指に引っかかる」

「でしょ」

彼女が花のように笑う。

こういうなんでもないやりとりが、たまらなく楽しい。彼女の声、表情、一瞬一瞬が輝いていて、頭の奥が甘く痺(しび)れる。互いの想いが通じ合っていることが全身でわかって、嬉しさで溶けそうだ。

だが、楽園で過ごす月日がそうであるように、時はあっという間に過ぎ去る。

外観の峻厳さとは裏腹に、山道はずっとなだらかだった。

落ち葉を踏みしめていく森の傾斜であり、ときおりある岩場もミアンが独力で登れる程度のものだった。

道に迷う心配もない。英雄は定めとして、試練へと導かれるようになっている。

古代の墓場のごとく草原に岩が突き出た一帯を過ぎ、岸壁沿いの道を辿(たど)っていく。

霧が横切るようになってきた。道わきに目をやると、舟で渡った川が指先ほどに細い。

ほどなくして。

霧の向こうに、黒い穴が垣間見えた。

息をのんで前進すると、岩壁に空いた洞窟の入口。

たわんだ台形の穴は、大人がどうにか通れる幅。だが暗闇の果てが見通せず、流れてくる空気のにおいが底の深さを伝えてきた。

まぎれもない。ここが竜の棲処の入口だ。

今度こそ、終着点。

耳に、唐突に雨音が戻ってきた。

フード越しの鈍くぼやけた音。しとどに濡れた布にぶつかり、肩に張りつくマントを重くしていく。

「ねえ」

ミアンの声がした。

そういえばしばらく静かだった。そんなことに気づきながら振り向くと、フードを目深にかぶった彼女の口許が妙に明るい。

「竜を倒したらさ、一緒に南へ行こう」

タラニスは彼女の言葉の意味を一拍遅れて理解し、驚く。

「ずっと南。魔の山を越えた先にある、アテナイに行こう」

竜を倒したら——ミアンはその先の未来を話している。

タラニスは、ここで死ぬのに。

無意識にフードを下ろすと、音が鮮やかに晴れた。雨が裾野の森に受け止められる響き。

ミアンもフードを脱ぐ。白く美しい額にぽつりぽつりと雫(しずく)がしたたる。

「アテナイでわたしは文字を学ぶの。そしてあなたは、星の形をした白くて美しい花を育てる」

はりつめた笑顔が濡れていく。

「着くまでの旅路で、みんなにタラニスの歌を聴かせるの」

入り江では、あなたが死んでも忘れないと、覚悟を決めた聡明な面差しで語っていたのに。

「そこにはあなたもいて」

瞳と声を震わせながら、

「照れくさそうな、ばつの悪そうな顔をして、ちょっと離れたとこからわたしを見守ってる」

溢(こぼ)れる涙にぜんぶを流してしまって、ともに生きる夢にすがろうとしている。

ミアンの瀬戸際の想いが押し寄せ、タラニスは熱く揺さぶられた。

英雄として生き、死ぬ。これまでタラニスにあったのはそれだけだった。竜と相討ち誉れを遂げる。それで充分だった。

けれど。

ミアンの語る未来は、なんと眩いのだろう。

ともに南へ旅を続け、彼女の歌を聴き、火を囲って食事する。

アテナイはきっとアルウィーよりもずっと栄えた国なのだろう。そこで彼女は文字を学ぶ。賢い目をきらきらさせながら。自分はそれを見て嬉しくて安らかな気持ちになる。そして――

「………アテナイには」

タラニスは、ぽつりと返す。

「どんな花が咲いているだろう」

ミアンはぐしゃぐしゃになった顔を手でぬぐいながら笑う。

「きっと、見たことのない花があるよ」

「ああ……」

そうに違いない。

「……見たいな、一緒に」

ミアンが抱きついてきた。

「見よう。一緒に、見よう」

胸に頬を押しつけて繰り返す。

なんと細い体なのだろう。タラニスは、はっとさせられる。脆く、そして宝石よりも尊いもので形づくられている。ふれていると、どんどんといとしさがこみ上げてきて。

タラニスは強く、彼女を抱きしめた。

真白な幸福感があって、世界の他のすべてが感じられなくなる。

するとミアンの左手が動き、タラニスの左手を握った。

はっとなってみつめると、彼女はすがるように微笑んでいる。

だから指をまっすぐにして、互いの手のひらを胸の前で重ね合わせた。

「…… 〝これがタラニスとの最後の別れになってはならない〟」

ミアンが口にした。

それは神聖なる〝誓い〟。

再び生きて会えるように、という希を込めて。

今のふたりに許された、せいいっぱいの愛の告白でもあった。

だから、タラニスも誓う。

「〝これがミアンとの最後の別れになってはならない〟」

たちどころに、重ねた薬指が神聖な白銀に輝いた。

ふたりはそっと離れる。

「きっと、きっと生きて。タラニス」

6

松明（たいまつ）で闇を払い、洞窟を進んでいく。

照らされる内部は、タラニスが見たことのない様相をしていた。

牙（きば）のごとき石のつららが天蓋（てんがい）と地から伸び、生々しい曲線を帯びた柱には鰓（エラ）を思わせる縦筋が無数に刻まれている。壁は脂肪に似た灰褐色で、ぬらぬらと濡れ光っていた。

竜の腹に入ってしまったのではないか――そんな危惧（きぐ）がよぎる。

松明を持つ手が小刻みに震えていた。

戦の前にいつもある昂（たか）ぶりだ。そう自らに言い聞かせ、さらに奥へ進む。

空気は冷たく湿っている。どこからか絶えない水音が聞こえた。

突如、獣の群れが現れた。

「！」

後ずさり、剣の柄（つか）を握る。なぜ洞窟に。

いや――違う。

絵だった。

壁一面に、豹（ひょう）やサイなど様々な獣が横向きに描かれている。

木炭と赤土を用いたと思わしき筆致は驚くほど精巧に獣の姿を写している。今にも駆けださんばかりだった。

絵があるということは、描いた人間がいるということ。

こんな危険な場所に？

タラニスは探るが、気配はない。

絵柄はケルト職人とはまったく異なるものであり、おそらくは時代も違う。かつて竜の棲処になる前、人の出入りがあったということだ。

つまりここは、竜の腹などではない。

張りつめていた心がぐっとやわらぐ。

力を得たタラニスは、導きのまま深淵（しんえん）へと潜っていく。

水が流れていた。

沢のごとく、行く先の地面をひたひたと浅く這（は）っている。

タラニスは躊躇（ためら）うことなく水を渡った。

越えると、ふいに暗闇が薄れた。

向こうの岩壁までが見えるようになり、松明の灯りが朝の蠟燭のごとく存在を弱める。

奥に光源がある。

おそらく、外の光だ。

戦士の予感が告げる。

タラニスは松明を消し、気配と足音も消して、慎重に光のある方へ進んでいく。

その先に、大空洞があった。

天井の岩盤が広く穿たれ、空の光が雨とともに注いでいる。

竜が眠っていた。

巨大だ。翼をたたんで伏してなお、成木の高さ。顔から尾の先までが天然石の塊のごとき鱗で覆われ、隆起した後ろ脚の筋肉が秘める暴力性をむせかえるほど臭わせた。

これまで対峙してきた魔物とは、強さの桁が違う。

「…………………」

タラニスは、自分の両目と頰が濡れていることに気づく。

泣いていた。

これから死ぬ――。

実感したとたん、怖くてたまらなくなった。

どうしてだろう。今日までの戦いの中にも死を思う刹那はあった。が、こうはならなかった。むしろいっそう勇猛になれたというのに。

今は脚が震え、動けずにいる。

そのとき、竜が呻き声を発した。

ただのくぐもりが岩壁に反響し、タラニスの腹をびりびり揺らす。

そして薄いまぶたをまくり上げ——眼を開けた。

トパーズのごとき色に邪悪な本性が見える。瞳孔が絞られ、タラニスの姿を捉えた。

こちらへ向け口を開く。両端で伸びるピンクの肉襞、上下に並ぶ人の背ほどの牙、奥に黄金色の爆発が見え——

「！」

タラニスは全速力で横に跳ぶ。

一瞬前までいたそこを、炎が貫いた。

半身に灼熱を感じつつ、地に手のひらを打ちつけ、反動で回転。体勢を直す。

ざっと十メートル。

タラニスでなければ、炎の中だっただろう。

竜は巨体を起き上がらせ、翼を広げ、咆吼した。

轟音が爆風のごとくタラニスの全身をぶつ。鼓膜が破れた。衝撃に目がくらみ、よろめく。
竜が地響きを立て、走ってくる。
タラニスは聖剣アールガットを抜く。
刀身から銀光が迸った。竜殺しに昂ぶっているかのごとく、いつにまして強く輝く。
タラニスは走った。
――こわい。
素早く竜のわきに回り込み、後ろ脚に渾身の力で斬りつける。
ゴガッ
硬い。聖剣をもってしても、竜の鱗にはひびも入らない。――愕然となった。
頭上から尻尾が降ってくる。
間一髪でかわす。
尻尾が地面にぶつかり、激震とともにくぼむ。当たっていれば一瞬で肉塊だ。
剣を構え直しつつ、肩が激しく上下する。喉が今すぐ水を飲みたいと訴えている。
竜が翼を広げた。
はためかせると同時に、どんっ！　と地を蹴る。
矢のごとき速さ。
巨体と速度が脳の中でかみ合わない。

タラニスは横に跳んで逃げる。

だが、遅かった。

左足がぶつかり、潰れた。なくなった。

受け身もとれず地に叩きつけられ、転がる。

「……ッ！」

熱く痺れた左足を見ると——なくなってはいない。

ただ、膝の骨がぐしゃぐしゃに砕けてしまったことがわかる。

自覚したとたん、熱さが激痛に変わっていく。額から脂汗が吹き出し、苦い涙がにじんだ。

竜がこちらを向く。

タラニスは影を落とす巨体を仰いだ。

山と戦っているような絶望。

死。

本能が覚悟する。

——こわい、こわい。

なぜこわいのか。

死にたくないからだ。

生き続けたいからだ。

では――なぜ生き続けたい？

「…………っ」

タラニスは剣を支えにしてよろよろと立ち上がる。左足がほんの少し地面にふれただけで叫びたくなるほどの痛みが貫く。

しかし、歩き始めた。

竜に向かって。

激痛。極限の状況に肉体はあっというまに疲弊し、荒い呼吸が収まらず、筋肉にうまく力が入らない。激痛。絶望的な相手に、柄を握る手の震えが止まらない。

けれども、タラニスは走った。

激痛。

など知らない。

諦めない。最後まで戦う。

ミアンにもう一度会いたいからだ。

ともに生き続けたいからだ。

走る。走れる。

ミアンのことを想うと。彼女との未来を描くと。痛みも恐怖も、すべてを乗り越える無限の勇気がわいた。

タラニスの魂が燃えた。

それが輝きとなって全身から発散され、刹那、信じられないほどの力がみなぎる。

神の血を引く英雄の真価が覚醒した。

竜が本能で危機を察し、顎を開いて怒濤のごとき炎を吐いた。

迫りくる紅蓮に向けてタラニスは聖剣を振りかざし、一閃。

炎が二つに割れた。

タラニスは走る。光の矢となる。

飛翔し、竜の首に剣を突き刺した。

「う――――、」

タラニスは刃を押し込む。心を振り絞って。英雄の輝きが聖剣の光と合わさって膨らみ、喉元に注がれた。

「おおおおおおおおおおおおおおおおおおおおおおおおおおおおおおおおおお!!」

竜の後頭部から光が――――抜けた。

撃ち抜かれた竜が断末魔を上げてのけぞり、さなか、ふっと事切れる。

巨体が仰向けに倒れ、大空洞に最後の激震をもたらした。

「…………っ、…………、……」

着地したタラニスは、うなだれたまま激しい呼吸を繰り返す。

英雄は竜を殺し、生き延びた。

7

剣を杖にしつつ、来た道を帰っていく。

戦いのあとに嬉しいと感じたことなど、これまでなかった。どんな死線を越えようとも、課せられた仕事を終えたほっとする瞬間があるだけだった。

でも今は、湧き上がる喜びが痛みや疲れさえも打ち消している。

竜に、いや、運命に勝ったのだ。

足を引きずりながら、壁画を通り過ぎた。

あともう少し。

自分の顔がほころんでいるのがわかる。

ここを出たら、ミアンとともにアテナイへ行こう。

どのように旅を続けるか、具体的な計画を考える。

まず近くの集落に戻り、補給をしよう。それから……いや、先に傷を癒やさなければ。魔の山を越えるには相応の準備が必要だろうから、あせらずに。

闇が晴れてきた。

外の匂いを含む新鮮な空気。どんどん明るくなっていく。

まるで、この心のようだ。

台形に切り取られた光。——出口。

カァカァ

そこから、烏の鳴き声が届く。

全身を悪寒が駆け、後頭部が痺れる。

鳴き声には明確な意思があった。

タラニスが戻ってきたことを知り、わざと存在を知らせた……そういうものがはっきりと込められていた。

女神の禍々(まがまが)しい意思が。

松明を捨て、タラニスは走る。

怪我の痛みに体勢を崩し、転がりそうになりながら細い道をがむしゃらに突き進んで外に——出た。

雨空を飛び去っていく、三羽の烏がいる。

黒が二羽、白が一羽。

霧に紛れていきながら、最後とばかりひと声鳴いた。

不吉な予感に凍りつつ、タラニスは捜す。

「ミァ――」

最後まで呼ぶことができなかった。

その前に、みつけてしまったから。

紅い。

仰向けに倒れ、胸からもう取り返しがつかないほど溢れてしまっている。

タラニスは思うよりも先に彼女の元へ駆け寄った。

「ミアン!!」

ふたつの瞳に、はっきりと迎えられた。

ミアンはまだ、生きていた。

霧よりも白くなってしまった肌。

タラニスはすぐに彼女の傷の具合をたしかめ…………すべてを理解した。

本来ならば、とうに死んでいる。

槍に刺し貫かれ、おそらく抉られた。潰れた心臓から噴き出し、雨に混じり広がっている血。戦士として多くの死を見てきたタラニスには、この状態で人は生きられないということが残酷なまでにわかる。

けれど。

誓いが、あった。

あれが最後になってはならない、もう一度会わなければならないという神聖な約束があったから。

ミアンはこの世界に存在する神秘により、かろうじて命をつながれていたのである。

そして今——約束が果たされてしまった。

向けてくるミアンのまなざしが、最後の輝きを放つ。いとしいものをみつめる深み、いつもそこにあった彼女らしい明るさが面影のように瞬く。

その美しさに震えながら、タラニスは、手を握った。

ミアンの唇が動き何かを言おうとしたが、わずかに痙攣(けいれん)し、息のようなものが洩れたのみ。少し前ならば血を吐いていただろう。もはやそれだけの力さえ残されていなかった。

だからミアンは、目で告げた。

この世すべての歌を束ねても足りないほどの声と、想いと、旋律を込めて、投げかけてきた。

タラニスは受け取り、夢中でうなずく。手をさらに強く握りしめる。いかないでくく。

けれどミアンのまなざしはもう、すべてを成し終えたというふうに透きとおってい

れ。どうか、どうか。

「アテナイに」

タラニスは、ぼろぼろと涙をこぼしながら言う。

「一緒に、アテナイに行こう」

ミアンはもう、瞳でさえも何も言わない。

ただ想いを告げた相手をひたむきに映している。

そこには、最も尊く純粋な光があった。

そしてそれは――ひどくあっけなく失われた。

握った手から、何かが抜け落ちていった感触。

あの賢く、明るく、繊細な美しい魂が、消えてしまった。

タラニスはこみ上げた涙腺の痛みにまぶたを閉じ、咳をするように震え、呻き続ける。

でも、そのまま悲しみに溺れはしなかった。

やるべきことがあったから。

タラニスはともに旅をしたミアンの亡骸をみつめ、そっと抱き起こす。

返さなくてはならない。

彼女が星辰の輝きで伝えてくれた気持ちを。

彼女の分まで、はっきりと言葉にして。

「ミアン」

心の隅々まで清らかになっていく。

これを口にすることで、どれほどの怖ろしいことがこの身に降りかかろうとも、かまわない。

「愛している」

たちどころに、聖剣が亀裂した。

女神との誓いを破ったことで、アールガットは鞘もろとも粉々に砕け、塵と化す。

次の瞬間、途轍もなく大きな力が生まれた。

禍々しい呪いが、開闢のごとく爆発し、膨れ上がる。

その見えざるものがタラニスに取り憑き、心臓を止めた。

意識が薄れていく。

愛する者と折り重なるように崩れ、雨の中、英雄は事切れた。

＊＊

「……女神との誓いを破って、ケルトのタラニスは死んだ」

光太は、自分の根源を語り終えた。

病室の窓を滑る雨垂れがちょうどあの日と同じくらいの強さに聞こえて、遥かな記憶が一枚の像となって浮かぶ。けれどもそれが本物なのか自ら作り出した印象なのか、どちらともつかない。

隣で泣く声がした。

光太がはっと振り向くと、ハルカの顔が真っ赤になっていた。

「……すごいね……」

熟した果実を搾ったように瑞々しい涙がこぼれ落ち、編みかけの手袋に染みる。なんだろう。たしかにせつない話ではあるけれど、彼女の泣きようは、おやと思うほどに激しい。彼女の内側にある想像であふれかえっている。そんな感じがした。

「……愛だね……」

光太がどうすべきか迷っていると、ハルカがひしと抱きついてきた。

「なんだよ」

軽く笑いながら聞く。

ハルカはそのままでいる。光太は泣いてくれる彼女にやさしい気持ちになって、そっと背を撫でた。

するとと突然、妙な懐かしさが胸に芽生える。

思いがけない感覚に光太は瞬きし、たしかめようと撫で続ける。

幼なじみだから？　いや、そういうものではないような——。

「……なに？」

ハルカが気配を察したふうに聞いてくる。

「……いやあ、なんか」

光太は正体がわからないまま、混ぜっ返そうと、

「猫撫でてるみたいだなって」

ハルカが何か返してくるかと思ったが、彼女は抱きついたまま、すんともしない。

「なんだよ」

「………べつに」

ハルカは離れ、へへ、と緩く笑う。

「いちゃついてたら、美桜に怒られんね」

当の美桜はというと、こちらを向いてもいない。

ハルカはイスに座り直し、編み物を再開した。

「美桜は、ミアンの生まれ変わりなんだよね？」

「ああ」

「光太は、タラニスの生まれ変わり」

「そうだけど、ずっとタラニスのままとも言える」

「どういうこと？」

「俺は、女神の呪いを受けた」

そう。ミアンに愛を告げ、ケルトの英雄は事切れた。

だがそれは、気の遠くなるような今日までの始まりでしかない。

「同じ心を持ったまま、永劫に生まれ変わる呪いだ。それが女神のもたらした〝天が落ちるより怖ろしいこと〟だった」

「…………」

ハルカが沈痛な面持ちで唇をかむ。共感性が豊かで、想像をしているのだろう。

「……記憶を持ったまま、ずっとずっと生まれ変わり続けるってこと？」

「ああ」

「ある意味、永遠の命だね。やっぱつらい？」

「……まあな」

光太はゆっくりと息を吸う。と、窓の雨音がまた意識の表に浮かび上がる。

こんな音ではなかった。

あのときの雨はもっと生々しくて、山の匂いがした。血と、革と、旅を重ねた布のにおいがした。

それらが闇に沈みゆき――再び目覚めた瞬間のことを、今でもはっきり憶えている。

「最初はエジプトの大工の子だった」

「……生まれ変わり？」

「ああ。ものごころがつくと同時に、自分がタラニスだとわかった」

砂色の家と、やっきになったように町中植えられた緑。市場のむせかえる臭い。

「ちょうど、クレオパトラの時代だった」

「えっ、生で見たの？」

「戦場で、乗ってる船は見た」

「戦場？」

「家になじめなかった俺は国を出て、流れ流れてローマの傭兵(ようへい)になった。クレオパトラの軍と戦ったんだ」

「エジプト出身なのに」

「まあな」

ハルカがふいに神妙な顔つきになって、問う。

「生まれ変わったとき、どんな気持ちだったの？」

光太はつとまなざしを天井に向ける。

はじめに浮かんだのは、ローマの傭兵として眺めた夕暮れに染まる地中海。

美桜と会うまで、100万回を生きた。

いくつかの夜を、今でもよく憶えている。

第3章
流転

一夜

とうに夜の時刻だが、空はようやく陽が落ち始めたところ。

夕暮れに染まる地中海の岸に、ローマ軍の野営地（キャンプ）がある。

野営地と言っても木造の兵舎が建ち並び、商店や病院まである町のようなものだ。

ローマの誇る工兵たちが瞬く間に築き上げた。

その見張り台に一人の若いローマ兵がいて、海に停泊する四〇〇隻のガレー船をぼんやりと眺めている。

先日二十歳になったエジプト出身の若者は、前世、タラニスという名の英雄だった。

背後でハシゴの軋（きし）む音がして、彼――タラニスは振り返る。

「隊長」

相手を呼びつつ、敬礼した。

上ってきたのは、三十代前半の男。後退した額と帳尻（ちょうじり）を合わせるように整えた口ひげを蓄えている。澄んだ空のような目をしていて、軽薄とも気さくともとれるにやけ笑いをいつも浮かべていた。実戦に慣れた、あてになる上司。タラニスはそう認識している。

「『巨人(タイタン)』殿が一人で見張りか」

近づいてくると、酒の臭いがした。

戦の前夜、士気を上げるため兵たちにはワインが振る舞われていた。眼下の屋根からときおり、どっと笑う声が届いてくる。

「自分は後でいただきます」

「うちの大将みてえだなぁ」

「大将」

「オクタウィアヌス様は食事に同席せず、夜中起きて一人でこそこそ召し上がるのだと」

オクタウィアヌスとは、後の初代ローマ皇帝アウグストゥス。

明日この海で開かれる戦いは、それを決定づける正念場。政敵アントニウスとエジプト女王クレオパトラ連合軍との最終決戦だった。

前世からかなり長い年月が経っていると、タラニスは感じている。

おそらく一〇〇年以上。正確に知る術(すべ)はないが、少なくともケルト(ガリア)の国々はローマに征服された。

「隊長はなぜここに」

「お前とちゃんと話したことねーなと思ってな」

隣へ来て、欄干にもたれかかる。ここは涼しいなぁ、と海からの風に目を細め――

「エジプト出身だったよな？」

「はい」

「なんでローマに」

軽く向けてくるまなざしの奥に、探る光が。

タラニスは気づきつつ無視した。何も後ろ暗いことはない。

「家を出たかったんです」

「なんで？　ひでぇ親だったのか」

「いえ、よい家族でした」

父も母も五人の兄姉たちも、末っ子である自分をかわいがってくれた。

みんなで食卓を囲み、全員で働き、ささいな優先順位や意見の食い違いで大小の喧嘩を繰り返す――普通の家族。

「だったらなんで？」

タラニスは顎を持ち上げ、なんと答えるべきか迷う。

「……ここは自分の居る場所ではないと感じたからです」

隊長がおかしなものを口に入れてしまったときの顔をする。

現代ではそう珍しい発言ではないが、個人にまつわる概念が発達していないこの時代においては生まれにくい台詞だった。

戸惑っていた隊長が、ふいにぱっと理解を示す。

「ああ、なるほど。お前の居場所はわかるよ」

ここだろ、と欄干を叩く。

「この前の遠征じゃ一〇〇〇人は殺してたんじゃねぇか。『巨人』の名は、今じゃパルティアにまで広まってる。おかげでうちの隊はいつもごちそうだ」

ローマ軍は八人組の隊を最小単位にしていて、賞罰ともに連帯となるシステムだ。

「だがなあ。俺にはまだ……お前がずいぶん加減をしているように見えるよ」

やはり彼は気づいていた。

前世の記憶とともに、英雄の力も受け継がれた。

それを知った瞬間の記憶は、ほろ苦い。

四歳のとき、近所の子供たちの球遊びに交ぜてもらった。年長の子供たちの気が向いて、という形のものだった。

前世からの夢が叶ったタラニスは感慨深かった。

だが四歳児の体はまったくイメージどおりに動いてくれない。それがもどかしく、タラニスのこだわる部分がむくむくと湧き上がってきて——刹那、全身の血が一気に入れ替わったように馴染みのある身体感覚が戻った。結果、子供の一人に怪我を負わせてしまった。

思えばあのときから、あそこでの暮らしはほころび始めていたのだろう。

「なんてな！」

隊長が大げさに笑い、タラニスの肩を叩く。それから、腰に提げた革袋を突き出してきた。

「ほら飲め。お前の活躍で頂けた上等のワインだ」

「…………」

タラニスは受け取り、袋の口を開ける。色の濃い酒の匂いがかすめた。

前世からワインは飲んでいた。宴の席などで付き合いとして。ただ、うまいと思ったことは一度もない。

今も付き合いとして、タラニスは革袋のワインをあおった。

するとどうだろう。

これまでと同じく酸っぱくて渋い。けれど奥にあるほのかな甘さやアルコールの切れを伴う凝縮された果実味が、妙においしく感じられた。

驚きとともに、ごくごく飲む。

「今日はずいぶん飲むな」

「……急にうまいと感じました」

「そういうもんだよ」

タラニスが不思議な気持ちで革袋を見ていると、隊長が肩の力を抜き、相好を崩す。

「ほっとした。お前は、人間なんだな」

彼の本音を初めて聞いた気がした。

そんなふうに思われていたこと、そうではないと認められたこと。

神の血を引き、人間離れした力がある。誰も持たない前世の記憶がある。それでも

――


「人間です」

隊長が小さく笑ってうなずく。

体の中に薄いガスを入れたようにほわりとする。目に映る動きがぎこちない。

これが酔いというものか。タラニスは初めて知る。

先日二十歳になった。そろそろ前世で生きた年月に追いつく。そんなことをふと思う。

「愛する女はいるか？」

隊長が聞いてきた。

その言葉だけで、胸に含んでいた湿り気が押し出されて苦しくなる。

「はい」

「……今はもう離れちまったか」

「はい」

隊長は頭をかき、そして懐から蠟板を取り出す。

「どんな女だ。描いてやる」

慣れた仕草で開き、手袋を脱いで尖筆を構えた。

「隊長は、絵を描かれるのですか？」

「遊びで女の裸を描いたらみんなすげえ喜んでよ。描いてくれ描いてくれってねだってくるんだ。それが楽しくなっちまってな」

知らなかった。

タラニスは隊で孤立している。人と交わることに慣れておらず、まわりも畏怖して近づいてこない。前世からの対人のあり方がそのまま続いてしまっていた。

「最近じゃ、故郷の女や子供を描いてやることもある。さあ、その女はなんて名だ？」

隊長は描きたくてうずうずしている。人に喜ばれる体験の積み重ねがそうさせているのだろう。

「……ミアン」

「変わった響きだな。エジプトの名か？」

「……ガリアです」

「ほお」

興味を引かれた顔をするが、今は詮索（せんさく）すまいとばかり蠟板に目を落とす。

「歳は」

「十七」

「どんな雰囲気だった？」

「……凜々（りり）しい少年のようだと、最初感じました。でも人なつっこくて、笑うとぱっと花が咲くように変わります」

「愛嬌（あいきょう）のある子だったんだな。目の形は？」

「形……」

「アーモンドのようだったか？　一重か二重か」

「二重で……アーモンドより細長くて、ちょっと垂れていたような」

「よく笑ってたせいだな」

「笑うと垂れるのですか？」

「お前の印象がそうなってるってことだ。実際はそうでもなかったんじゃねえかな」

洞察を交えながら、問いを重ねていく。

鼻筋は通り、唇は小さく、顎は細く、頬はつるんと丸い。髪は肩の上あたりまで。

隊長は迷いなく尖筆を動かしていく。描く楽しさが伝わってきた。純粋ではち切れんばかりの初期衝動。自分の絵が完全無欠に見え、人に喜ばれることを疑っていない。

あっという間に描き終え、隊長は蠟板を少し遠ざけてできばえを確認する。満足げにうなずく。

「よし。──どうだ？」

反転させ、見せてきた。

蠟に刻まれた、微笑む少女の顔。

タラニスはそれに強く引きつけられた。

客観的には、そこまで似てはいない。

けれど。

目尻と目頭が垂れ下がった風合い。

ちょうど肩の上にかかった毛先の長さ。

そんなささいなひとつひとつがタラニスの記憶を呼び起こし、星と星をつなげていくように──そこに、ミアンの顔を浮かび上がらせた。

「……………」

だから涙が、止まらなくなった。

濡れないように蠟板を避けつつ、なお目を離せずにいる。

「おい、大丈夫か？」

隊長が嬉しさを隠しきれない顔で聞く。


……アテナイへ行った。


五年前、船に乗ってギリシャのアテナイへ向かった。

ミアンはきっとそこにいる。

同じように生まれ変わったならば、彼女は必ずアテナイへ行き、文字を学び、歌をうたう。そして……生まれ変わった自分が来るのを待っている。

そう信じて、いてもたってもいられなくなり、だからタラニスは家を出た。

生まれ変わったミアンは、アテナイの広場で大勢の観客に囲まれながらあの歌をうたっているだろう。そこへ町に到着したばかりの自分が現れ、彼女は驚き、はにかみ、そして喜びを弾けさせる——向かう旅路でその想像を何度もして、胸を躍らせた。

だが、ミアンはみつからなかった。

アテナイに着いて、町中の詩人と学徒に尋ねた。「きみはミアンか」と。自分の姿形が変わっている以上、そうするよりなかった。

それはやはり奇異な振る舞いだ。かつ、余裕のなくなったタラニスは手当たりしだいに聞いて回りだす。

はじめこそ気の毒な者として哀れまれたが、ほどなく疎まれ、町中にいられなくなった。

それでも諦めきれず、近くの野で暮らし始めた。

そうするうち、こう疑うようになる。

人は本当に生まれ変わるのだろうか？

生まれ変わった人間は、この世で自分だけなのではないのだろうか……？

だって、前世の記憶を持っている者が他に誰一人いない。

いま思えばアルウィーにもいなかった。生まれ変わりを説いていた森の賢者でさえも。そこについては何ひとつふれていなかった。

考えてみれば、おかしな話ではないか……。

野に立てた粗末なテントで暮らす日々で、しだいに絶望に蝕まれていった。

ミアンはもう、この世のどこにもいない――。

ある瞬間、ふつりと糸が切れ、タラニスはアテナイを去った。

そこからあてどなく町から町へ道をたどり、食いつなぐために傭兵になった。

花を育てたいと、かつて彼女に語った。

けれど、自分という人間の取れる選択肢は多くなくて、視野にはほとんどそれしか映らなかった。戦士。その生き方に流れざるを得なかった。

あちこちで戦い続け、ローマに至った。

「……隊長」

タラニスはワインを飲み干し、聞く。

「人は、生まれ変わると思いますか」

救いを求めていると自分でわかった。酔った心が、くたくたにそれを欲していた。

「輪廻(りんね)か。ケルトイの信仰だな」

隊長がつぶやく。

「死んだら生まれ変わる、か……」

タラニスの持つ蠟板に目をやり、やさしく笑む。

「あるんじゃねぇか」

と。

「お前はきっとまた、生まれ変わったミアンに会えるさ」

それは気のいいローマ人の慰めでしかなくて、酒を酌み交わすときに生まれるありふれたコミュニケーションだ。

でも心から信じたいその言葉は、タラニスの中に啓示のごとく刻まれた。

再び蠟板の面影をみつめ、胸に押し抱く。

会いたい。

ミアンに、会いたい。

隊長がようやく黄昏(たそが)れだした空を眺めつつ、うそぶいた。

「俺ぁ生まれ変わったら、とびきり可愛い女になってよ、たくさんの男と付き合ってやるんだ。一緒にいたり触らせるだけで、すげえ喜ぶだろ」

それをちょうど聞き終えたとき――

タラニスの心臓が、止まった。


次に生まれ変わったとき、タラニスは水の中にいた。

目の見え方が奇妙で、ものすごく大きな魚群の中にいる。

水の生温(なまぬる)い圧力から感じられる体の形がおかしい。息をすると脇腹のあたりが少しこそばゆい。

ものすごく大きな魚は、よく見ると稚魚だ。
もしかしたら、今の自分もこれと同じものなのではないか？　そう思い至った瞬間
——真っ暗になり、意識が途切れた。

おそらく自分は魚に生まれ変わり、すぐに捕食されたのだろう。
そう振り返るタラニスは今、畑で育つ麦だった。
と、収穫の鎌に刈り取られ、その生も終わった。

目に見えない小さな生き物になり、
獣として飢え死に、
また人間になって戦場を駆けた。

めまぐるしく生まれ変わりを繰り返しながら、時代が進んでいく。
古代が終わり、ローマ帝国は東西に分かれて滅亡した。
暗黒と総括された中世を過ぎ、ルネサンスと呼ばれる文化の復興が始まった。
果てない輪廻にだんだんと苦しみを覚える中、けれどタラニスは信じ続けている。
いつか、生まれ変わったミアンに会えると。

それが彼の、流転する魂の座標。たったひとつ、導となる光だった。

人であるときも、そうでないときも、タラニスは生死のかかる戦いに身を置くことが常だった。

だが、数多の流転の中には、その坩堝からまぬがれた稀な生涯もある。

貴族の家に生まれたときだ。

そこで、思いがけない大事な出会いがあった。

二　夜

歌姫がひときわのメゾソプラノを発したとき、シャンデリアの蠟燭(ろうそく)の火がいっせいに震えた。

劇場は満員である。

オペラという新たな娯楽がイタリアで大流行し、ここヴェネツィア共和国にも数々の劇場が建てられた。

中でもこのサン・ジョバンニ・グリソストモは最上の箱。

タラニスはその特等のボックス席で、今宵(こよい)のオペラを観劇していた。

まわりを囲む関係者はいずれも地位のある中高年であるが、みな弱冠十九歳の青年であるタラニスの一挙手一投足に気を張り、もし話しかけられたならいつでも全力の愛想笑いで迎える準備を整えている。

今生のタラニスは、大富豪の子となっていた。

ドージェ顧問官、枢機卿(すうききょう)、サン・マルコ財務官など国の要職を歴任するヴェネツィア最有力の門閥貴族。考古学と芸術の庇護者としても知られる名門だった。

このオペラ劇場も、家が経営するものの一つだった。

ステージでは、金色のドレスを着た歌姫が偽物の竪琴を手に独唱を続けている。

ナポリの宝石と称される天才を、ようやく招くことができた。

まだ開演してほどないというのに、観客たちはもはや彼女の虜になっている。

艶やかな美貌。

あの華奢な体から、いや、人間から出ていることが信じられない膨大な音。天と地を自在に行きかうような音域の広さ。

何より声に天稟が宿っていた。聴いただけで違いがわかり、誰もが心地よくなってしまう極上の質感。

歌姫は憂いを帯びた表情で役の心を奏で続ける。豊かな感情表現、彼女の内に燃える情熱と生命力が溢れんばかりに発散されている。

間違いなくこの時代を彩る天才。その絶頂期の輝きだった。

けれど。

後々まで語り継がれるだろう名演の幕開けの中、タラニスはまわりの者に気づかれぬよう、そっと落胆の息を洩らした。

「まあ、来て頂けるなんて！」

閉幕後に楽屋を訪ねると、歌姫は大きく目を開いて感激を表し、早足で寄ってくる。

先ほどまで舞台で煌めいていた演者と、その裏側で間近に接することができる。それは多くの関係者にとって特権意識をくすぐられるものだろう。

「評判に違わぬ、素晴らしい歌声でした」

しかしタラニスはそういった感情とは無縁に、今生の教育で身につけた社交的な笑みで彼女を讃える。

「光栄ですわ！　わたくし、ぜひ一度ここで歌いたいと願っておりましたの。だって貴族も平民も分け隔てなく入ることのできる唯一の劇場ですもの！」

歌姫はきらきらと光るまなざしを向けてくる。それは有力者への関心というだけでなく、若い娘らしい純粋な尊敬も込められていた。

「あなたにもお目にかかりたいと……。この劇場はじめ、音楽の偉大な庇護者である御名はナポリにも届いております」

「代々そういう家柄というだけです」

「ご謙遜を。あなたのおかげで暮らしを立てた同業者を何人も存じておりますわ」

「いや、まいりました」

挨拶が段落したひとときの沈黙が訪れる。

歌姫は心なしか、誘われるのを待っているそぶりである。

タラニスは今生の積み重ねでそれを察しながら、慇懃に切り出す。

「最高の夜でした。あなたもゆっくり休んでください」

ありもしない用事をにおわせ、場を辞す。

「待ってください」

歌姫が呼び止める。振り向くと、先ほどとは一変した張りつめる面差しがあった。

「本当に、わたくしの歌に満足なさいましたか？」

問いかけが、タラニスの胸にひやりと迫る。

「もちろん」

「ではなぜ——そんな目をなさっているのですか」

声に、鋭い洞察が宿っている。

「『探しているものがみつからなかった』。あなたの目はそう言って、もはやこの場のどこも見ていない」

舞台に立っていたときと同じ、輝きの気配。

抜きん出た人物が持つ、霊的な直感に捉えられた。

すでに五十万回以上生き、時代時代の傑物と出会ってきたタラニスは、それを正しく理解する。

敬意を持って、正直に答えた。

「……捜している人がいるのです」

劇場を建て、評判の歌姫を各地から招き、ただ歌うことを条件に無名の音楽家たちを使用人として雇うことすらする。

すべては――生まれ変わったミアンを捜すためだった。

歌姫はうなずき、そして、傷ついたプライドと相手へのいたわりを包んだ貴人らしい微笑みを浮かべて、言った。

「それは、わたくしではなかったのですね」


待たせていた手漕ぎ舟(ゴンドラ)に乗り、細い水路をゆく。

両わきには、レンガ張りの建物がびっしりと並ぶ。

水の都ヴェネツィアにとって水は普段使いの道であり、町そのものが舟での移動を想定した形になっている。

隘路(あいろ)を抜け、大運河(カナル・グランデ)に出た。

幾百のランプに照らし出された壮麗な夜景。

サン・マルコ広場の大灯台、運河沿いの一等地に建ち並ぶ貴族の大邸宅と公共の重要施設、行きかう船とゴンドラ……それらの灯(とも)す光があかあかと広がり、夜だというのにまわりがはっきりと見える。

もはや日常となった光景に包まれながら、タラニスは改めて、ある世界の変化を実感する。

神秘が消えた。

かつてはすぐそばにあり、誓いを口にするだけでたちどころに顕れた力。

森の魔物もまったく見なくなった。巨人も竜も、神でさえも、まるで最初から神話や物語の中にしかない——タラニスですらそう錯覚してしまうほど、跡形もなく消え去った。

いつからなのか。どうしてなのか。わからない。

「歌はいかがでしたか」

長く家に仕える船頭の老人が話しかけてきた。

「見事だった。後々まで語り草になるだろう」

「そいつは何よりで」

タラニスがまた物思いに沈むと、船頭も波長を読んで黙って漕ぐ。

歌も変わった。

歌唱の技術が練り上げられ、旋律も、楽器の構成も、より複雑なものになった。

街角にいた旅する吟遊詩人たちも、最近はすっかり見かけない。

――ミアンはどうしているだろう。

タラニスは薄い夜空を仰ぐ。

このつながったどこかの下に、彼女はいるだろうか。

今夜のオペラを聴けば、どんな感想を言うだろう。

詩人(バード)のいなくなったこの世界で、彼女は何をしているだろうか……。

――それでも歌っているのかもしれない。

思って、口許(くちもと)がほころぶ。

会いたくなった。

愛するミアンに。

一〇〇〇年を超える時を経て、もはやかつてのような燃え盛る熱はない。

けれどそれは石碑に刻まれた詩のようにたしかなものになっていて、年月の風雨にさらされても消えていない。彼女を愛しているということは、もう自分が自分であることの一部。

だからその詩はいつでもふとしたときに読み返すことができ、度(たび)ごとに胸の奥をしっとりとさせるのだ。

今は久しぶりに深く思い入ってしまって、目尻がほんの少し湿り気を帯びた。

水音が立つ。

船頭が櫂を小刻みに動かし、ゴンドラを屋敷の桟橋に着けた。

「ありがとう」

礼を言って降りる。

大運河沿いに隆々とそびえる神殿のごとき建築。先祖が求婚者の親に自らの財力を証明するため築いたものだという。

石段を上り、扉へと向かう。

そのとき、頭上からひらひらと……蝶が飛んできた。

こんな時期にと目で追うと、蝶は横に回り込んできて、タラニスの肩にとまる。

アゲハの一種だろうか。見たことのない色と模様をしている。

捕まえようかという思いが一瞬わいたが、さすがにそこまではと思い留まり、再び石段を上りだす。動けば飛び去るだろう。

だが、蝶は動かない。

使用人が扉を開け、ホールに入っても、まだそのままだ。

いつまでそうしているのか試したくなり、自室へ向かった。

「あっしは不気味になってきましたよ」

船頭がいつものように櫂を手繰りながら言う。

彼の視線はタラニスの横、ゴンドラの縁に向けられている。

蝶がとまっていた。

「何日もずっと坊ちゃんに付きまとって」

船頭は櫂の先を持ち上げ、蝶に向かって突く。

ひらりと避け、蝶は宙で弧を描いたあと、元いた場所より少し後ろにとまった。

船頭は舌打ちし、

「きっと何かよくないものですぜ」

「そうかな」

「ですとも。教会に相談された方がいい」

タラニスは振り向き、蝶をみつめる。

夜の暗がりを吸った羽はたしかに不気味に映る。あれから何日もずっと離れないというのも、普通ではない。

しかし、邪悪なものではない。

幾度もそういった存在と対峙(たいじ)してきた自分だから確信を持って言える。この蝶からは邪(よこしま)なものもその逆も、いっさい何も感じられなかった。

「だが世話してみると妙に愛着がわいてな」

その返事に船頭は肩をすくめ、ゴンドラを桟橋へ着ける作業に集中するふりをした。

タラニスはゴンドラから降りた。ただ今日はすぐに去らず、留まる。

船頭の顔を、じっと見た。

ものごころついて初めて乗せてもらった日から、ずいぶん老いた。髪はほとんど白くなり、精悍（せいかん）さの残っていた顔もすっかり弛（たる）んだ。

「坊ちゃん？」

タラニスは彼に手を差し出し、握手を求めた。

船頭は戸惑い、タラニスを見ながら、とりあえずというふうに握り返す。

「今日までありがとう。達者でな」

「へ……？」

タラニスは微笑み、それ以上は何も言わず屋敷に向かった。

自室に戻ると、蝶がひらひらと飛んで箱に向かう。

タラニスが用意した小さな木箱だ。

箱に立てかけた枝に蝶が止まる。そこが自分に与えられた場所だと知っているように。

タラニスは木箱のそばへ行って、屈（かが）む。

蝶は呼吸のようにゆっくりと羽を動かしている。

ランプの淡い火色に浮かんだ室内。蝶に向け、タラニスはそっと問いかけた。

「……ミアン？」

特に反応はない。

タラニスはふっと、苦笑いをこぼす。

立ち上がって、収納箱に入れている——竪琴を手に取る。

貴族の家に生まれたことは、彼に様々な教養をもたらした。音楽教育もそのひとつ。椅子に座り、弦の調子をみるように軽くつま弾く。そしてもうすっかり弾き慣れたアルペジオを奏でて。

小さく歌う。

ミアンが作ってくれた、あの歌を。

教育で感性を磨いた今ならわかる。彼女の作った旋律はこの時代においてもまったく古さを感じない。当時としては信じられないほど彩りがあり、時の風雪に耐える普遍性も兼ね備えている。

ミアンは天才だった。そのことが歌いながら身に染みた。歴史の残らなかった世界(ケルト)に輝いた一瞬の星だった。

途中で演奏が止む。なぜならこの作品は未完のまま終わったから。あの夜の森で焚(た)き火を囲み、聴かせてくれたところまでなのだ。

余韻が響く部屋で、タラニスは吐息を洩らした。区切りがついたというふうに。

蝶がいつのまにか天井を飛んでいた。

タラニスがなんとなく腕を差し向けると、意を汲んだかのように下りてきて、手の甲にとまった。

本当に不思議な蝶だった。

目を細めたあと、タラニスは腰を上げてそのまま窓に向かう。

夜も更け、眼下の大運河に船影はない。夜気に混じりやわらかな水のにおいがした。

天を仰げば、月がかなり高く昇っている。

「行け」

タラニスは窓の外に手の甲を出して言った。

「もうお前を世話することができないのだ」

蝶に向かって語りかける。

「なぜなら、俺は間もなく死ぬ」

そう。

「二十年足らず。タラニスであったときと同じ長さしか生きられない。はじめは森の賢者の教え通りの生まれ変わりだと思っていた。——だが、違う」

ひとつ息をつく。

「これは女神の呪いだ。あれの言っていた天が落ちるより怖ろしいこととは、この定めのことだった」

出られない部屋。

終わらない輪廻はそれに似ていた。一度その状態が気になりだすと心が逼迫していき、出られない苦しさに精神が蝕まれてくる。今のタラニスはまさしくそうなりつつあった。

「さあ行け！」

乱暴に腕を振った。

蝶が離れ、夜空に浮かぶ。少し留まっていたが、舞い上がり、飛び去っていく。

タラニスはそれを見送る。

定められた刻限が訪れ、心臓が止まった。

三夜

「……なるほど」

絵描きの女がパイプを前歯でくわえながら言う。

全裸でイーゼルに向かって立ち、無駄のないプロの手さばきで筆を動かしている。描いているものは、ギリシャ神話のモチーフを借りた男女の卑猥(ひわい)な交わり。絵画という婉曲(えんきょく)なポルノグラフィだった。

「君はそんなふうに何度も生まれ変わって、今ここにいるというわけだ」

「ああ」

両脚を失い車椅子に座ったタラニスが答える。

今生のタラニスは十九世紀末のフランスに生まれ、ドイツとの戦争に参加し、このような有様となった。

傷痍兵(しょういへい)として帰還してからは支給されるモルヒネを闇に流して日々のパンを買い、パリの裏道で冬の寒さに震えながら暮らしていた。

そうしていた今夜、彼女がふらりと通りかかったので、この道に入らない方がいいと警告した。

そして拾われた。

九区、オスマン通りのアパルトマン。

室内に濡れた洗濯物が干されている。パリは空気が乾燥しているので、これがちょうどよい保湿となる。

アトリエを兼ねたリビングには、テレピン油と彼女の吸う薄荷のにおいがたちこめていた。画材やモチーフとなる小物で混沌となっているが、物件や常備された嗜好品からなかなかの暮らしぶりであることがうかがえる。

「こういう絵ならね、女が描いても怒られないんだ」

絵描きの女が飄々と言う。女性が画壇に立つことがまだまだ難しい時代である。

「むしろ喜ぶ男が多い。これもお得意の依頼でね」

彼女は裸でいるが、描いている裸婦のポーズはまったく違う。自分をモデルにしているわけではない。ただの癖だという。

奥の机には出版物の挿絵がある。それらもすべてポルノグラフィのようだった。

「好きなのか？」

「ああ」

簡潔に答え、にやりと笑う。

「私が描いた絵で大勢の男達が喜んでいると思うと悪い気はしない。売れていると、認められた心地にもなるしね」

薄荷のパイプを吸い込み、いきいきと筆を動かす彼女を見ながら、タラニスはこう思った。

「……きみは隊長の生まれ変わりかもしれない」

「ローマの隊長だね」

「ああ」

「とびきり可愛いというには、いささか器量が足りないようだ」

絵描きの女は左右非対称に笑う。

タラニスがなんと応えるべきか考えていると、

「君は隊長のこと、好きだった？」

問われて隊長のことを思い出そうとする。もう顔はわからない。似顔絵を描いてもらって「ミアンは生まれ変わる」と励ましてもらった。そんな短い事実しか。けれど。

「ああ」

「なら、そういうことにしておこう」

彼女は筆とパレットを置き、後ろに下がって絵の経過をたしかめる。その研ぎ澄まされた青いまなざしに、忘れたローマの面影がよぎった。

「……英雄タラニス」

彼女が目許のこわばりを解き、訊ねる。

「どうして話してくれたのかな」

「浮浪者が、気まぐれに拾った画家に話したところで何もないだろう」

「たしかに」

彼女は瞬きでうなずき、

「でも、ただの気まぐれじゃないよ」

振り向いてくる。

「君の姿に、胸を打つものがあったんだ。ひと目見た瞬間にね」

青い瞳がまっすぐに届いた。顔は不敵を浮かべながら、パイプを持つ右手の指がかすかにこわばっている。

みつめあい、タラニスはそっと、目を逸らした。

「俺は今夜、死ぬ」

「そうかい」

絵描きの女はまた非対称に笑った。パイプを吸い、仕事を再開する。

「生まれ変わって、またどこかで戦うのかい」

「……いや」

タラニスは自分の失くなった両脚を見下ろす。

塹壕に大砲の直撃を受け、なすすべなくこうなった。戦場では目にもとまらぬ鉛の弾が斉射され、鉄の塊が走り、空は遠からずあの飛行機というものに支配されるだろう。

「もう英雄の時代は終わった」

そのとき、積まれたモチーフの陰から小鳥が舞い、短い鳴き声とともにタラニスの肩にとまった。

「ミアンもそう言っている」

「その鳥がミアンの生まれ変わりなのかい？」

「わからない。ただ、ずっといるのだ」

「ずっと？」

「蝶の話はしただろう」

「うん」

「あれから生まれ変わるたびに同じ色の蝶がやってきて、そばにいるようになった」

タラニスは小鳥に振り向く。羽の彩りは蝶とは異なるが、珍しいという点では通じていた。

「今は鳥だ」

「同じものだと？」

「そう思っている。もうずっと続いているから」

「君に生き物を従わせる力が備わったのかもしれないよ」

「……それは考えたことがなかった」

タラニスは虚をつかれ、天井をみつめる。そのまなざしに浮かんだ色を見取ったように、

「すまない。きっと同じものだろう。その方がしっくりくる」

絵描きの女が改めた。

「何十万回と生き続ける君の、唯一の旅の供だったんだね」

「もうじき100万になる」

彼女が目を瞠る。

「想像もつかない。どんな気持ちになるのかな？」

「長かった。が……過ぎてみると過ぎたものだという感じだ」

「おおよそつかめた気がするよ」

「旅の供か……実際、連れだって旅したことがある」

タラニスは指先で鳥の喉を撫でる。

「まだ行ったことのない大陸、国を回ったんだ」

「生まれ変わったミアンを捜すために？」

「ああ。だが実際は暇つぶしだ」

「人生は暇つぶしさ」

鳥とともに船に乗り、馬を走らせ、ひたすらに歩いた。

途中で寿命が尽きて、また人間に生まれ変わって旅の続きを始めたときにも、どこからともなくやってきた鳥がいた。

『来てくれたんだな、ミアン』

そう呼ぶようになった。

半ばそうだと信じて、ともに歌い、旅をした。

自分以外に続いているものがある。覚えていてくれるものがある——それは驚くほど心の支えになって、だから自分は狂わずにすんだのかもしれない。

「楽しそうだね」

「ああ……いま思い返すと、とても楽しかった」

まるで想像したこともなかった大自然、町並み、人の在り方があった。

異国の町に数日滞在して旅立つとき、自分が去ったあともここにはここの日常が変わらず続いていくことに不思議な感覚をおぼえた。世界の広さを唐突に実感したものだった。

「……そろそろお暇する」

タラニスは車椅子の車輪に手をかける。鳥が羽ばたき、宙を舞う。

「どうして」

「ほどなく死ぬ。ここに残っては面倒だろう」

「かまわないよ。せっかく拾ったんだ、最後まで見させてくれ」

タラニスが迷ったとき、床に降りた鳥が変な音を立てる。

見ると、鳥が何か平べったい小物を踏んでいた。

棒の先に、東洋の模様を描いた丸い紙が貼られている。

「あれは？」

「団扇だよ。日本の扇だ」

絵描きの女が答え、

「ずっと流行っていただろう？」

「そうなのか」

「やはり浮世離れしているね。日本には行かなかった？」

「そういえば行ってない」

「じゃあ、次に人に生まれ変わったら行くといい」

「そうだな」

「日本か。いいな、私も行ってみたい」

「行けばいい」

すると彼女はふっと苦笑いを洩らし、パイプを吸う。まなざしを遠くし「この時勢ではね」と、どこか言い訳みたいにつぶやいた。

タラニスは何も言わない。更ける夜の冷たさが薄荷の香りを濃密にした。

「私も日本人に生まれ変わろう」

彼女が軽口を叩く。

「とびきり可愛い女になって、たくさんの男を虜にするんだ。どうだい？」

「そんなきみを見てみたい気はする」

「決まりだ」

絵描きの女は筆をばしばしと叩き、油を落とす。

それを聞いていたとき、タラニスの心臓が止まった。

「……すまない、時間がきた」

くぐもった声で告げると、彼女が目許をさみしげに曇らせる。

「……会えてよかった」

「私もだ」

絵描きの女が微笑む。

「さようなら——英雄タラニス」

視界に帳が降り、すべてが深い闇に溶けた。

夜明け

朝がきた。

うららかに注ぐ春の陽を、町が気持ちよさそうに受けとめている。

コンクリート、アスファルト、この国にこの時期だけたくさん見られる満開の花木。

その町にあるファミリー向け分譲マンションの一室、洗面台の鏡。

そこに、一人の少年がのそりと姿を現す。

真新しい高校の学ランを着た少年は、まだあどけない顔立ちをしていたが、瞳には年齢にそぐわない古木のような深みがある。

彼は自らの頬に手を添え、改めて不思議を感じた。

ケルトの英雄だったときと、まったく同じ顔だ。

ちょうど100万回。二十一世紀を過ぎた日本に生まれ、今日から高校生。

この人生は、これまでと違うものになる予感がしていた。

ただ重なった偶然を、そう思い込もうとしているだけなのかもしれないけれど。

脛に柔らかなものがふれた。

「……ミアン」

呼ぶと、猫が体をこすりつけてくる。鳴き声からそう名付けたのだと家族は信じていた。

ずっとともにいる生きものは、いつしか猫になった。

膝をつき、背中を撫でる。毛に張りがなく、体の動きも緩慢だ。

ものごころついた時期に家に来て、もうすっかりおばあちゃんだ。今生の別れは近いだろう。

「ミアン」

撫でながら問う。

「きみはいつか、人間になるのか？」

いつか人間になって……また出会えるのだろうか。

猫がこちらを見上げ、応えるように小さく鳴いた。

すると久しぶりに胸がせつなくなって、猫を持ち上げ抱きしめる。

「光太」

母が非難がましい声とともに入ってきた。

今生の名は、三善光太、という。

「毛が付くでしょ」

猫をよいしょと下ろした母が詰め寄り、制服に目をこらす。

「ほらー」

手のひらで払ったり、指でつまんで毛を取る。

「すまない」

『すまない』って」

「……ええと、ごめん母さん」

母がやれやれという顔をした。

「あんたってほんと、変わった子よね」

これまで何度の人生で、母親からそう言われただろう。

新品のリュックを持ち、玄関で靴を履いていると、猫が見送るようにやってきた。

「行ってくるよ、ミアン」

ドアを開けて外に出ると、春の心地よい空気に包まれた。

思わず頬が緩む。この国のこの季節は本当にいい。

光太は駐輪場へ行き、そこに咲く桜の花を目に吸い込む。

ペダルを踏み、自転車で軽快に走りだす。

そして――――ついに再会を果たした。

第4章
誓い

1

「安土美桜、どこ？」

そんなささやきが、あちこちで交わされている。

これから入学式が始まる体育館。光太たち新入生は、並べられたパイプ椅子に座っていた。

床には薄緑のシートが敷かれている。乾いたナイロンのにおいは、学校行事のにおいだ。

どうやら新入生の中に、有名人がいるらしい。

「さっき見たけど、めっちゃかわいかった」

「マジ？　どこで？」

元々の知り合いや、クラス分けで隣になった初対面同士も積極的に話している。それは好奇心であると同時に、つながりを作るきっかけにもしているだろう。

光太はそこに加わらない。避けているというわけではなく、単に話しかけられない。

近寄りがたい印象を他人に与えているようだ。

　元来そういう人間ではあったが、１００万回を生きることでますます異質な雰囲気を漂わせてしまっているのだろう。そのことがわかりつつも、自ら打破しようというほどの意志は持てなかった。

　だから黙って座っていたのだが、それでも安土美桜という人物についてはおおよそ把握することができた。

　天気予報を一〇〇パーセントにした天才物理学者だ。

　世の動きにすっかり無頓着な光太も、さすがに聞いたことくらいはあった。

　おととし、それまで原理的に不可能だと考えられていた気象の完全予測を実現する論文を発表し、世界的な話題となった。

　アメリカ在住の日本人、しかも十三歳の少女ということで日本のマスコミも大々的に取り上げた――らしい。

　新入生たちの視線がほとんど一ヵ所に集中しだす。最前列の右側。あのあたりに安土美桜が座っているのだろう。

「ていうか、日本にいたんだ」

「なんでこの学校来たの？　偏差値五十だよ」

「それ、日本のマンガが好きで……」

マイクの入るノイズが響き、ざわめきが凪いでいく。

一張羅のスーツを着た男性教員が入学式を始める旨のアナウンスをし、校長が壇上で式辞を述べる。

それなりに構成が練られており、長くもない。新入生たちがそれだけでもちょっと当たりを引いた表情をする。

『続いて、新入生代表からの言葉です。——一年一組、安土美桜さん』

「はい」

声には知性が出る。光太が多くの人と会ってきた経験則だ。

前列の彼女が起立し、壇上へ向かう。

黒いストレートの髪が上質になびき、艶めく。周囲からため息が洩れる気配。歩みは品がありながら颯爽として、あのまわりだけ空気が違うかのよう。すべてが傑出した人物であることを伝えていた。

なぜだろう。

光太の心臓が、高鳴っていた。

歴史に名を残した人物はこれまで何人も見てきたのに。その尋常でなさを体感しても、けっしてこんなふうにはならなかった。

これは違う。何が違う？

安土美桜が壇上に立ち、正面に向く。

目にしたとたん。

光太は、全身の細胞が泡になって爆(は)ぜたような衝撃に打たれた。

自我が飛び、そうなりながら椅子から立ち上がっている。魂が、彼女の名を呼んだ。


「ミアン！」


容貌(すがたかたち)は異なる。

けれど、ひと目でわかった。

100万回、二五〇〇年、愛し続けた。魂の座標としてひたむきに捜し求め続けてきた。

彼女の生まれ変わりなのだと光太の魂が、運命が、告げていた。

マイクの向きを調節していた彼女が、こちらを見る。

目と目が合わさる。

だが――――つながらない。

彼女はただ、急に立ち上がって大声を出した知らない人間を見ていた。

パイプ椅子に座る新入生と教員たちの中で、たった一人起立している光太。まわりは突然のことにこわばり、体育館は静まりかえった。

『――〝ミアン〟』

安土美桜の声がスピーカーから響く。光太に向け、いかにも機転を利かせた笑みを浮かべて。

『それは、ケルトの言葉で希望という意味ね』

膨大な知識の引き出しからさっと取り出したふうに言った。

それから新入生らに合図のごとくまなざしを置き、語りだす。

『私は今日から始まる高校生という時代に、大きな希望を抱いています』

世界的な天才と囃(はや)される光り輝く少女がそこにいた。

⁂

光太はそこまで話したとき、おや、と思って隣を向く。

ハルカがこれまでと変わらない様子で編み物を続けている。光太の視線に気づき、
どうしたの？　というまなざしを返してきた。

そのリアクションはおかしい。

「……つっこまないんだな？」

「へ？」

「美桜のこと。今の美桜と、ぜんぜん違うだろ」

ハルカがはっと、表情を止める。

二秒に満たない間が置かれただろうか。

「──ごめん。集中してた」

その理由に、はっきりとした違和感はない。

「たしかに。え？　設定違わない？　どういうこと？」

「…………」

生まれかけた引っかかりを、光太は洗い流す。

本当にただ、ぼぅっと聞き入っていただけだろう。

ハルカがそれを知っているはずがないのだから。

もし仮に知っていたとすれば、知らないふりをして聞き続ける理由がない。

窓の外では雨が変わらず降り続けている。

　１００万と二五〇〇年の物語も、あと半分もない。

話し始めれば一日の雨の間のことなのだと、感傷がけぶった。

「光太、なんで美桜がぜんぜん違うの？」

ハルカが一転してせっついてくる。

　光太はベッドにもたれて座る美桜を見た。

こうしている彼女は、世界的に有名な天才物理学者ではない。

アメリカで親友を才能で傷つけることもしていないし、日本のマンガやアニメにはまり、そこで描かれている高校生活に憧れて入学先を決めたりもしていない。

「それは……」

　光太は話し始める。

タラニスとミアンを経た、光太と美桜の物語を。

2

深く悩むのは、何百年ぶりだろう。

光太は教室の机に両肘(りょうひじ)をつき、手で額を覆うように伏せている。

教卓では担任が今後の予定を説明していた。

——ミアンだ。

ついに、ついに……出会えたのだ。

だが、彼女は前世のことを覚えていない。

あることだと思っていた。思っていたけれど。

どうすればいいのかという悩みで頭がいっぱいになり、かき乱されている。

でもそれは、長すぎる生に適応し半ば冬眠していた心に息を吹き込んでくる。

全身の細胞が目覚め、体液が循環し瑞々(みずみず)しさを取り戻していくような。固まっていた関節がぎしぎしと軋(きし)みながら動きだすような。

そういう、生きている実感がよみがえる心地よい痛みだった。

したいことは、この上なくはっきりしている。

話したい。今すぐに。

逸る気持ちに太ももがむずがゆくなる。早く早くと、このHRが終わる瞬間を待ちわびる。

やっと終わった。起立、礼。

教室を飛び出した。

廊下からすぐ目に入った、隣のクラスの引き戸。その窓から中をのぞく。

帰ろうとする者はほぼおらず、みなそれぞれ見繕った相手と談笑し、コミュニティを築こうとしている。

彼女は、いない。

――何組だった。

式で言っていたはずなのに。聞いていなかったことを悔いつつ、左右どちらに行くべきか首を振ったとき――

その先に、いた。

突き当たりの一組の教室から彼女がひとりで出てきて、こちらを向く。

目がぶつかった。

と、彼女はすぐに友好的な笑みを作り、歩いてきた。ちょうど捜していた、という風情で。

光太も前に踏みだす。

廊下に出ているのは二人だけ。あの安土美桜だと、他のクラスの生徒たちが教室の中から注目している。

ほぼ一メートルの距離で、お互い立ち止まった。

…………。

体の温度が、「この人だ」と伝えていた。

頬が熱くなり、胸が甘酸っぱく高鳴り、落ち着かなくなる。ずっと忘れていた感覚。そうだ。こういうものだった。

「私のこと、捜してた？」

彼女がわかっていたというふうに聞く。

光太は答えようとして――溢れる気持ちに喉がつまる。

かろうじて、うなずいた。まるで年端の行かない少年に返ってしまったかのように。

「ひょっとして、私のファン的な？」

「……違う」

「あはは。たしかにそんな感じじゃないよね」

彼女には余裕があり、成功者の持つ風格があった。そしてその態度が同時にひしひしと、光太に対する中庸(フラット)な認識を伝えてくる。

光太はつい、今の自分を客観的に考えてしまう。

目の前にある有名人を、前世の恋人の生まれ変わりだと一方的に確信している。はたからみれば完全におかしな人間だ。夢を見ているとき訳もなくルールや関係を把握するような、そんな類(たぐい)の妄想に囚(とら)われている。

自分は今、それになってしまってはいないか。果てのない輪廻(りんね)のうちに、ついに狂ってしまってはいないか。

よみがえった恋の熱さが、不安が、どんどん悲観的な想像を膨らませてしまう。

「ちょっと話さない？」

「……え？」

聞き返すと、美桜は気さくな笑みを浮かべつつ、きりっとしたまなざしをして、

「私も捜してたの。聞きたいことあってさ」

陽当たりがよいのだろう。中庭の桜は葉が覗(のぞ)くようになっており、風もないのに花びらがはらはらと落ちる。

散り敷く袂(たもと)のベンチに、光太と美桜は座っていた。

「みんないい人よね。べつにいいのに、空気読んでくれる」

美桜がつぶやく。

渡り通路や校舎の窓から窺う人影はあるものの、近づく者はいない。狭い中庭はほとんどふたり占めになっていた。

「向こうの大学で日本の学生の話になったことあったな。三十年の停滞が生んだmellowなのだそうで。ですかぁーって感じ」

言いながら背をそらせ、足をぶらりとさせた。

口調が似ている。いきいきと弾むような仕草がそのものだ。

「ね」

振り向いてきた。

「ミアン、って何？」

煌めく目力に一瞬、息が止まる。

その輝きには文字を学びたいと言っていた少女の面影がある。なのに同じ好奇心が、それを知らないと光太に訴えかけてきた。

どうしようもないせつなさで、胸が窮屈になる。

「……言っても」

弱音がこぼれる。

「信じてもらえないと思う」

「うん、信じたくなった」

美桜があっさりと言う。

「名前、聞いていい？」

「……三善、光太」

「安土美桜」

握手を求めてきたから、応じた。

細くやわらかな指。弦はおそらく弾いたこともないだろう。

「光太って、普通じゃないよね」

思ったことをそのまま、というふうに口にした。

「悪い意味じゃなくて、なんだろ……仙人、みたいな？　とにかく、ぱっと見て、えっ何者？　って思った」

まっすぐみつめてくる表情には「面白そう」と書いてある。

「おかしい人でもない。そんなあなたが、あそこでいきなり立ち上がって、私を見て『ミアン』って叫んだ。さっきは希望って、場を優先したけど、あれは私を呼んだんじゃない？　あっ、私が光太の知ってる誰かにうり二つだったとか！」

するすると直感で正解に近づいてくる。自在に動く光線のごとき知性。

「ね、どう？　教えて」

「…………」

瞳の輝きに面影があると感じたが、同じではない。

生まれた時代と環境が違う。経験してきた物事が違う。二五〇〇年積み上げられた叡智を社会の進歩によって高効率で吸収し、すでに世界の最前線で偉業をなした。それが、ともすれば凶暴とすら表せる鋭さで閃いている。

容貌も資質も違う。別の人間なのだ。

そう実感したとき……一片の花びらが落ちてきて、美桜の上唇にまともに当たった。

それがちょっとおかしかったというふうに、彼女は肩をすくめながら、くしゃりと……まるで雪玉をぶつけられたときのような顔で笑った。

刹那。

光太の両目から涙がこぼれた。

何か思うよりも早く、あっというまにぼたぼたと出て、顔が崩れ、熱く熱くみっともなく、泣いてしまう。

「ねえ、どうし——」

「………ミアンは」

光太はこみ上げる思いのまま、告った。

「ミアンは、前世のきみだ」

打ち明けた。

タラニスとミアンのこと。

ともに旅した詩人の少女と愛し合ったこと。

それから100万回を生きて、二五〇〇年の時を超えて、ずっとずっと世界中、捜し続けてきたこと――。

いつのまにか、周囲の音が変わっていた。

校舎から聞こえていたざわめきは消え、渡り通路を行き交っていた人影もない。中庭のベンチに座るふたりだけになってしまったかのよう。

「オペラ劇場じゃみつからないかな」

美桜が、聞き終えた神妙な面持ちを残しながらつぶやく。

「ミアンはさ、歌いたかったんじゃないんだよ。好きだったろうけど、でも違う」

校舎に切り取られた青空にまなざしを置きながら、想像している。

「世界を知りたかった。全部の人に正しく伝わるように残したかった。だからもし、彼女が現代に生まれ変わったとしたら」

こちらを向き、海外の女優のようにおどけてみせた。

「数学をやってた。私みたいにね」

3

電車に乗っている。

春の昼下がり、マイナーな路線は経営が心配になるほどがらがらだ。

「……ああ」

光太は景色で思い出す。

「でしょ」

隣に座る美桜が、つぶやきの意味をすぐに察して続ける。

「遠足。このへんの小学校は絶対あそこの鉱山跡に行ってるって」

光太はその山界隈（かいわい）にあるという、美桜の研究室に向かっていた。

さすがに学校に居続けることが難しい状況になったとき、彼女がもっと話がしたいと提案してきた。

「もう、よほどのことじゃないと覚えないいんだ」

「そういうもんですかー」

軽く応じながら、美桜の瞳は興味津々。何かを掬い取ろうと貪欲に構えている。それから悔しそうに、しかし嬉しそうに、

「思い出さないかなあっ、前世」

「……信じるのか？」

「そういうものがあったとしたら、絶対経験したい。それって世界に未知のルールや力がまだまだあるってこと。私はその一端を明らかにしたけど」

「一端？」

「気象予測の理論。太陽ニュートリノの重力干渉。北京の蝶は、ブラジルでストームを起こさない！」

よくわからないことを言って、宙を指さす。

光太が車両を見渡すと、向かいの端に一人いた初老の女性と目が合い、逸らされた。

「……俺にはわからないが、すごい業績なんだろうな」

すると、美桜の表情がわかりやすく曇る。

「まあ、ね」

浮かべた苦笑いには、生乾きの傷の気配がした。おそらく聞くべきことではないだろう。光太が黙っていると、

「ケルトの詩人、ミアンかー」

美桜が話を戻す。

「何よりヒロインって感じでいい。中二心がくすぐられますな」

そういうことが現実にあってほしい。自分の身に起こってほしい。科学者として、一人の人間として――それが彼女の、偽らざる距離感のようだった。


二十分ほどで終点に着いた。

駅から出ると、山の麓特有のひなびた静けさが漂う。

裾野にある宅地が、山の塊を背負わされている。そんな圧迫感がある。

鉱山跡といっても観光地化されておらず、他にはたくさんの石が転がる川と橋しかない。

たしかにここへ来たことがある。

「こっち」

車のほとんど通らない道路を歩き、ほどなくして山林の方へ曲がる。

と、やけに広い登山口があった。

元々あったものをさらに切り開いたのだろう。真新しい感じがし、キャタピラや太いタイヤ痕が生々しく残っている。

「これ、私の山」

美桜が軽く言う。

「……買ったのか？」

「研究室のためにね。こう見えて持ってますから！」

わざとらしい悪い顔で、指の¥マークを作る。

美桜のあとについて、なだらかな山道を登っていく。

彼女の歩き方はちょっと独特で、後ろ手に組みながら、まっすぐではなく微妙に左右にぶれる。何か考えるそぶりをすると、歩幅が広くなったり狭くなったりした。

光太が不思議なものだと見ていると、彼女が組んでいた手をふっと解いて——道沿いにある木の樹皮や茂みの葉をさわっていく。

——。

その光景に、光太は胸を打たれる。

また、面影が重なった。ともに山道を歩きながら、同じふうにしていた遥かな記憶。

「なんかまた、じんわりした目してる」

美桜がいつのまにかこちらを向いていた。

「何か？」

「……なんで、さわってるんだ？」

「ああ。脳を休ませてるっていうか。こうやって違う刺激を入れてあげると、凝りがほぐれる感じになるの」

「………」

「もう。一人でそんな顔してないで、ちゃんと説明して」

「それは――」

「あっ、そっか！　ミアンも同じことしてた⁉」

美桜は先に察して、自分の手のひらを見る。

「へー、ふーん。なるほどなぁ」

楽しそうに白い歯をこぼす。

「めっちゃ面白いね」


山道のわきに、コテージがぽつんと建っていた。

「これ」

「これが？」

「そう」

美桜が楽しそうに言う。

切り開かれた山道はここからさらに上へ伸びていて、重機やタイヤ痕もそれに沿って続いている。

「上、気になる？」

「いや」

率直に答えると、美桜が手を叩いて笑った。

「ようこそ、研究室へ」

二十人は寝泊まりできそうな広いスペースにベッドとソファが気ままに置かれ、ゲーム機、大きなモニター、壁を埋める本棚。棚にはマンガ、小説、ゲーム、アニメのソフト、グッズが並んでいる。

ただのオタクの部屋だ。

「研究室って感じはしないかな？」

美桜が冷蔵庫から出したコーラをテーブルに置き、ソファに腰掛ける。

「そうだな……」

光太は少し離れた隣で、物理学者のイメージを浮かべる。

「ホワイトボードがあったり、紙が散らかっていたり」

「ホワイトボードは、ここ」

自分の頭を指さす。

「頭の中に、東京都くらいの広さのやつがあってね。自由に書いたり消したり、いつでも見直せるの。だからそういうのはいらない」

圧倒された。

そういう状態になることがまったく想像できない。さんざんわかってるつもりだったが、人間の能力の届く範囲にはまだ驚かされることがある。

「ノーベル賞とか、獲らないのか？」

光太は素朴なことを聞いた。

「獲るんじゃないかな。何回先かわかんないけど、たぶん近いうち。それだけの成果だし」

どこか他人事のように言いつつ、表情が複雑に陰る。

「嬉しくなさそうに見える」

光太はつい口にしていた。

「え？」

「きみがその成果について話すとき。さっきもそうだった」

美桜がふいをつかれたまなざしをし、

「ちょっと……経緯に、若気の至りがね」

両手で頭を抱え、髪をわしゃわしゃとかき乱した。

「うん、ごめん、ここまで！　べつに不正とかしたわけじゃないから！」

コーラのキャップをくびきるように回す。

その何かいやなことを思い出す彼女を見ながら、光太はふいに納得する。

ミアンの生まれ変わりとしか捉えていなかったけれど、安土美桜には安土美桜の、十六年の人生があったのだと。

「またその目」

美桜がやれやれとボトルに唇を寄せる。

「光太の方がよっぽど普通じゃないよね」

コーラをぐびぐび豪快に飲んで、テーブルに置く。

ボトルの口から炭酸の弾ける音が洩れ、薬剤師の発明した甘くスパイシーな香りが光太の鼻に届く。

「――――〝女神の呪い〟」

美桜が、最後に取っておいた苺、というふうに切り出す。

「光太が100万回生き続けてるのは、女神の呪いが原因なんだよね？」

「ああ」

美桜の瞳に強烈な光が宿った。

「そもそもさ、女神っていうガチの神様がいたってこと？」

「そうだ。女神も竜も本当にいた。今の時代を生きる人間には信じられないことだろうが」

「紀元前のガリアには、神秘の力が当たり前に存在していた」

「そう」

「なんでなくなったの？」

「わからない」

光太の脳裏に、夜景が浮かぶ。

十六世紀のヴェネツィア。ゴンドラに乗りながらふと、そんなことを思った夜。

「……いつのまにか、世界から消えていたんだ」

「それ！」

指さしてきた。

「私の説!!」

「え？」

「『人の脳が世界に干渉する』――私は今、その研究をしてるの」

「脳が世界に？」

わけもわからず聞き返すと、美桜は「私の理論の予測では」と言って今度は、自分のこめかみを指さす。

「人の脳には、次元を超えた干渉を起こす構造的ポテンシャルがある。その構造に付随して発生したのが、ホモサピエンスだけが持ち、種の繁栄につながったともいわれる現象――『空想』

彼女の瞳が爛々と輝いている。人間の目にこれほどのエネルギーが宿るのかという綺羅星のごとき発散だった。

「人類の数と時間の集積による余剰次元への干渉が、この次元に影響を及ぼすの」

興が乗った彼女は、量子、重力、膜宇宙といった光太が聞いたことのない用語を並べ立て、いつ息継ぎしているのかもわからない勢いで語った。

だが、ようやく光太の死んだ目に気づき、

「……つまり、世界から神秘が消えたのは、人の意識が変わっていったからなのよ」

と、まとめた。

「この山の上に、理論を検証するための施設を建造してるの。もうすぐ完成」

窓の外に、さっき見た上へ続く山道がある。

そんなものをどうやって検証するのか。きっと聞いても理解できないに違いない。

「ねえ」

声に視線を戻すと、彼女のうきうきとした顔がある。理論を説明していたときとは異なる、少女らしさを帯びたもの。

「タラニスとミアンの話、もっと聞かせて」

4

美桜は、高校生活を謳歌しようとしていた。

マンガで読んだ日本の高校生活に憧れて入学したという噂は本当だった。

気さくな有名人という最高の入口から、持ち前の機転も加わり、一瞬でクラスの人気者になった。

お洒落グループからオタクグループまでまんべんなく付き合い、それぞれの話題で盛り上がった。放課後や休日に遊びに行ったり、委員や行事も積極的にこなしていった。

だが、すぐにうまくいかなくなった。

光太の目からも、その理由は明らかだった。

天才が、がんばって普通の人に混ざろうとしている。

会話で出てしまう頭の回転の違い、行動力の馬力や興味の向き先。そのずれが積み重なって、みんな美桜に対して「やっぱり私たちとは違うんだ」という認識を固めていく。それがやわらかな、けれどけっして越えられない壁を形づくっていく。

どちらが悪いわけでもない。

でも、どうしようもないことだった。

夏休みが明けた頃、美桜はため息をひとつ吐き、事実を受け入れたようだった。


「ふれない方がいい憧れだったのかなぁ」

美桜の軽く見せたつぶやきが、放課後の校舎裏にそっと置かれる。

校舎の裏口の段にある狭い踊り場。雨宿りにちょうどよさそうな庇(ひさし)の下。部活の賑(にぎ)わいも届かず、ここだけ切り離されたように静か。

「気持ちはわかる」

隣に立つ光太は、実感を持って返す。

「どうしたって、混ざれないんだ」

「英雄も孤独だったんだ?」

美桜は察しのよさで、光太の言いたい趣旨を把握する。

「だよね。さらに100万回だもんね。その孤立、いかばかりか」

おどけたふうに言い、肩をくっつけてきた。

「ほら、寄せ合おう」

ふわりとした感触。人と人がふれあう匂いがした。

夏の気配はもうない。暑くなる日はあっても、空の色がもう違う。

「ね。光太は高校生活、何回くらい送ったの？」

「これが二度目だ」

「少ない」

「誰でも高校に行けるようになったのは、つい最近だからな」

「そっか。光太の感覚だと、だよね」

「ああ」

「私、ひそかに抱いてた野望があるの」

「野望？」

「高校生活のコンプリート」

たとえばね。

「『校内にある全部の場所に入る』」

振り向いてきた。

「やったことある？」

「いや」

「でしょ？　意外とないのよ。だいたい決まった場所しか出入りしないまま卒業していく」

得意げにうなずき、

「あと、『クラスメイト全員と話をする』。どう？　やってなくない？」

「ああ」

「そういうのを埋めていったら面白いかなぁって」

「なるほど。盲点かもしれないな」

「我ながらいいアイデアなのよ。高校生活一回きりだし、やれること全部。でもさ、部活とか行事はさすがに物理的に無理——」

言いながら、目が閃く。

「光太、できるじゃん！」

ぱしぱしぱしっ、と腕を叩いてきた。

「100万回あったら全部の部活極められるし、文化祭だってコンプできる。普通の人なら絶対無理な、高校生活でやれることやり尽くすこと、光太ならできるんだ！」

「……不可能ではない」

「じゃあ、任せた！」

美桜は白い歯を見せる。

「私の代わりに高校生活コンプしてよ」

言われたとき、光太ははっとなった。

美桜の提案は、これからも光太が輪廻を続けることを前提にしている。

そのとおりだ。

この「三善光太」は、二十年で死ぬ。

そしてまた、別のものに生まれ変わる。

次に人間になったとき、どこの国の誰になるかわからない。

それが——何年後のことなのかも。

ようやく再会できたのに、また離ればなれになってしまう。

嬉しさのあまり、すっかり忘れてしまっていた。

「頭の中にリストあるから、あとで書いて渡すね」

美桜は、いいアイデアを思いついたときのテンションで続ける。

「やりながらさ、『ああ美桜ってやつが言ってたな』って思い出してよ」

光太の輪廻が続くこと、それに伴う別れを承知していて、特に悲しく思っていない。

前世を覚えていない彼女にとってはその程度の相手なのだと……自分との明確な温度差を感じさせられて、光太は胸が潰(つぶ)れそうになった。

夢中で話していた美桜が、ようやく気づく。

そのギャップと、そこから出た言葉が光太を傷つけてしまったことに。

「……ごめん」

口許を引きつらせ、睫毛を伏せる。

「……いや」

「…………ごめんなさい」

前髪を握り潰す。

「私、いつもこうだ。思いついたことで調子乗って、人のこと見えなくなる」

雨のような湿り気が漂う。稀代の天才が、初めて年相応の少女らしい弱さを見せた。

光太は自分が傷ついていたこともすっかり忘れ、大切な彼女のためにどうするべきかを考えた。

「美桜」

幸い、頭が冴えていた。

「今日は、いつもと違う門から帰ろう」

美桜が瞬きし、振り向く。

「お互い自転車で裏門からだろ。今日は正門から出よう」

彼女の表情に理解が広がる。晴れた雨空のようになっていく。

「それは——盲点だった」

明るさを取り戻した彼女に、光太は嬉しくなる。

「よかった」

心から言う。

すると美桜が眩(まばゆ)いものを見たようにまなざしを瞠(みは)り、じんわりと色を濃くした。

「……私を見る目がさ、とんでもなくやさしいよね」

手を伸ばし、光太の頬にふれようとする。躊躇(ためら)って、人差し指で肩をちょんとつついた。

「愛されてるって、わかるよ」

おどけた照れ隠し。そこにまた面影を見て、光太の胸が熱くなった。

「ああ、そうだ」

彼女の手を取る。恥じらいはない。時を重ね、もはや揺るがない思いを伝えるだけだ。

「俺はきみを愛している」

美桜の顔が、一瞬で熟れる果実のように赤くなった。

5

「光太、学食行こ」

それから彼女との距離が縮まった。

昼食は毎日一緒で、帰るのもだいたい一緒。放課後は駅前のポルトというローカルな商業ビルをぶらつくことが多い。

そばで見る彼女の人となりは、天才らしく特徴的だ。

興味のあることとないことの差がとんでもなく激しい。つまらないことはついさっきのことも覚えていないし、終わらせた課題はわりとどうでもよくなる。

たとえば、気象の完全予測の理論を打ち立てておきながら、雨の日に傘を忘れる。

「つまりね、物質とエネルギーは同じってことよ」

光太の差す傘の中で、美桜がうんちくを語る。

秋の深まった十一月の土曜日。二人は沿線にある遊園地に来ていた。

こんな天候なので空いている。室内系を回っているうちぱらつく程度の降りになり、今はジェットコースターに向かっている。

その道すがら、彼女の敬愛するアインシュタインの理論について教えてもらっていた。

「物質とエネルギーが同じ？」

「そう」

うなずく美桜は、帽子と眼鏡で軽く変装している。それなりに有名人だからだ。そういう対策はしておきながら、傘は置いてきた。

光太はよくわからないまま、頭上で回るブランコを指さす。

「物質って、たとえばあれか？」

「うん。それに」

美桜が、光太の肩に手を置く。

「この体もそうよ。エネルギーからできてる」

ぴんとこなかった。

「ビッグバンは知ってる？」

「宇宙の始まり、だったか」

「あれもどこまで正しいのかわかんないけど、とりあえず最初にバーン！　ってすごいエネルギーが生まれた。それが素粒子に変わって、集まって原子になって……」

美桜がぽんぽんと叩く。

「物質になった」

近頃、美桜はよく体に触れてくる。向けてくる瞳の輝きも、明らかに変わった。

ともかく、言っていることは理解できた。体は原子の集まりだから、たしかにそういうことになる。

「じゃあ、この体がまたエネルギーにもなるのか？」

「物が燃えるって、そういうことよ」

美桜が端的に答えた。

「想像してみて。薪（まき）が燃えて火になってる……ビジュアル的にわかりやすいでしょ？」

「……たしかに」

光太は納得した。木が火になっている。あれは物がエネルギーに変わっている様子に他ならない。

「物とエネルギーは同じものなのか」

「そう」

ジェットコースターの係員に手首のパスを見せながら、美桜が満足げに答える。

「エネルギーが形あるものになって、生命も誕生した。どっちも同じもので相互に行き交う。これぞ、物理のロマン」

決まったぜ……というふうにわざとらしく上を向く。


帰りのゲートに、一度出たら再入場できない旨が書かれている。

だからだろう。そこを抜けるとき、もう満足しつつもほのかに惜しいような心持ちがかすめるのは。

駅まで続く通り沿いの露店やそこに飾られているバルーンが、来るときとは違ってなんだかさびしい印象に映る。

「……私たちってさ、もう付き合ってるって認識されてるみたいだよ」

そこを歩きながら、美桜がなにげないふうに言った。

「…………」

光太は、ある感慨を持って彼女に振り向く。

美桜は湿った髪の先をつまみながら、緊張に目許をこわばらせている。それから、えいっとばかりにこちらを見た。

そして——光太の表情に浮かんだ感慨を見取り、かなしい苦笑いになる。

美桜と仲が深まり、好意を向けられ始めたことは、光太もわかっていた。

でもそうなって現れたのは喜びではなく──さびしさだった。

よみがえらないミアンの記憶。むしろ近づくほどにくっきりと浮かび上がる、埋められない隔たりだった。

「……思い出さないかなー、前世」

美桜が帽子のてっぺんに手を置き、悔しそうにつぶやく。

光太はかける言葉がない。

その雰囲気を嫌うように、美桜が歩調を軽くランダムに揺らめかせ、話を変えた。光太の家にいる猫のことだ。

「ミアン、元気？」

「それなりに」

「何十万回も一緒に生きてきたんだよねぇ」

「そうなんだろうか」

「お？」

「ミアンの生まれ変わりだと、思っていたのだが」

「あー、そうだね。私だとしたら──」

とたん、美桜の中からスイッチの入る音が聞こえた気がした。

「だとしたら、その猫なに？」

へこんでいた表情がいきいきと輝きだす。

「ね、ミアンに会いたい！」

6

　玄関に入った美桜は、これまで聞いたことがないくらいに慎（つつ）ましい声で「おじゃまします」と言った。

　しかしここには他に光太しかいない。奥のリビングからは母のいる気配がしたが、高校生になった息子が帰ってきたところでわざわざ出てきたりはしない。パートのない日はのんびりし、六時頃に買い物に行くのがルーティンだ。

「こっち」

　入ってすぐ左側にあるドアを示す。光太の部屋だ。

「お母様に挨拶（あいさつ）しなくていい？」

「べつにいいんじゃないか」

　すると美桜は、不安そうにリビングのガラス戸を見る。こういう状況に不慣れでナイーブになっている顔。意外な一面だった。

「じゃあ」

光太が挨拶に同意すると、美桜はびくりとこわばり「あ、うん」と応じた。

「母さん」

ガラス戸を開けると、母はネットの海外ドラマを流しつつ洗濯物をたたんでいた。

すでに客人を察し、待ち構えていた風情ではあったが、美桜の姿に——目を見開く。

光太はなんと紹介すべきか一瞬迷ったが、

「……友達、来てるから」

「…………」

母は、美桜があの安土美桜だとわかっているふう。その彼女が息子と二人で家に来るなんて想像しなかった。そういう反応だった。

「クラスメイトの安土美桜です」

美桜が行儀よくお辞儀する。

「これはどうもっ、ご丁寧に」

母はあわてて返した。

光太は美桜を招いた理由を思い出し、リビングを見渡す。

「ミアンは？」

「え？　さあ。あんたの部屋でしょ」

どうせというふうに答え、美桜に、

「うちの猫。この子が好きみたいで」

「へえ」

美桜の緊張した愛想笑い。それがやりとりの切れ目になった。彼女はしまったと思っていそう。

「じゃあ……」

光太は言い、美桜とリビングを出ようとする。

「お茶持ってこうか？」

母はさりげないふうでいつつ、ふたりの関係を見極めたいという好奇心を隠せていない。刹那、光太はなんとも言えない煩わしさを覚えて、

「いいよ」

ぶっきらぼうに返した。

すると母はふいをつかれた表情をし、それからどこかほっとしたような口の開き方で、

「あんたもそんなふうになるんだ。女の子連れてきたら」

指摘され、光太も驚く。こんなにも生きてきて、そういえばまだ感じたことのなかった気分。思春期の親子の機微とはこういうものだったのかと。

ドアを開けると、定位置で寝ていた。

ベッドの上で丸くなっている猫。

隣の美桜がそれをみつめて、気配をうずりとさせる。まるでテーマパークにいる女児のような響きで、

「ミアン」

と呼びかけた。

慣れない音に、ミアンの耳が動く。

まぶたを開け、緩慢に頭を上げた。

美桜がかわいい動物を見たときの声を洩らす。

猫の果実のような瞳が、美桜の姿を捉えた。

ミアンの全身がぴたり、と固まる。

そのまま置物になってしまったかのごとく、身じろぎひとつしない。

「はじめまして」

美桜が言う。

ミアンの反応は、光太の目から明らかに劇的なものだったが、美桜は人見知りくらいに思っているようだ。いつもの友好的な微笑みを浮かべつつ歩み寄り、そばに屈（かが）み込む。

動物を飼ったことがないのだろう。興味と不慣れさを同居させた手つきでミアンの背を撫ではじめた。

ミアンはその動きを逐一目で追いながら、抵抗はしない。

「英雄タラニスと、何十万回も一緒に生きてきたの？」

美桜が猫のミアンを撫でながら話しかけている。

光太はそのふれあいを不思議な感慨をもって見守る。

ミアンの生まれ変わりと信じ、長く長くともに生きてきたものと――真にそうだった少女。

「普通の猫にしか見えないなぁ」

ぼやく美桜の手つきが、愛でるものから探ろうとするものに変わる。

みるみる大胆になり、両わきを持って抱き上げようとした。と、逃れて床に飛び降り、光太の足下へ来た。

「あら」

という美桜の苦笑を聞きながら光太は屈み、ミアンと向き合う。何かそこに浮かんでいるのではないかとみつめるが、ミアンは表情を変えないままなぁん、とひと声鳴いた。

なんとなく、いつもそうするように親指でひげの生え際を撫でる。

ふいと身を翻し、ミアンがドアを爪でかく。

開けると、隙間を抜けて行ってしまった。

「ここに座って」

光太は学習机のイスを引き、美桜にすすめる。

「何もない部屋だが……」

「いやいや！　それ！」

美桜が強めにツッコんできた。

その指さす先には——壁に掛けた竪琴。

「……ああ」

部屋の主である光太の意識から外れてしまっていた。

「そっか。今も歌ってるんだ」

そう。あまりに長い間、手元に置いてきたものである故に。

「もう、本当にときどきになってしまったが」

「ね、聴かせてよ」

美桜がリクエストしてきた。

「『タラニスの歌』」

イスに腰掛け、ほどよい明るさと真摯さを持つまなざしで見上げてきた。

「…………」

光太は無言で竪琴を取り、向き合うようにベッドに座る。

そして弦をはじいて音を確かめ、軽く指の運動で奏でる。

「おお、プロっぽい」

美桜が嬉しそうに笑う。

「惚れる」

冗談めかした言葉の中に本音のアプローチも混ざっている感じがして、光太は気づかないふりのまま苦笑いで返す。

そのとき、ドア越しに『買い物行ってくるから』と、母のちょっと聞こえよがしな声がした。

光太は「ああ」と。

『美桜ちゃん、ごゆっくり』

「はい」

『この子、竪琴なんか弾いて変わった子でしょ？』

光太はさっそく二度目の思春期らしい機微――「ババア早く行け」という気分を覚えたのだった。

「ねえ」

母の出かけた音がやんだとき、美桜が聞いてくる。

「前世のミアンとは、キスしなかったの？」

「女神との誓いがあったからな」

「そっか」

目をそらし、カーペットについた足の先をむずむずと動かす。

「……じゃあ、私とする？」

光太は手を止め、そっと見返す。

迎えてきた美桜のまなざし。音の抜けた部屋に、互いの無言が行き交う。

美桜が雪玉をぶつけられたみたいに笑う。

「だめかー」

自分の躊躇(ためら)いが彼女を傷つけたのだとわかった。

「…………」

はたしてそれは正しいことなのか。

考え、すぐに決断した。

「これが終わったら、しよう」

美桜がぷっと吹き出す。

「なにそれ」

言ったあと、上を向いた。体を揺すり、マットを弾ませる。その顔が赤くなっているように映った。

光太は軽く咳払いし、竪琴を構え直す。

美桜も聴く体勢に入った。

演奏前の、段差ひとつ沈む空気。

親指で太い弦を弾き、もう幾度繰り返したかわからない前奏のアルペジオを浮かばせる。

喉を開き、歌った。

二五〇〇年昔、愛する人が作ってくれた自分の歌を。

手には剣、胸に花。

神の血を引き生まれ、輝かしい武勲を立て、死の予言を受けながら竜殺しの旅に出る。

花を愛し、母に誇られ、球遊びに駆ける子供たちの姿を見て、己にはなかったその時代に郷愁を抱く――。

半端なところで光太の演奏が止まる。

ここまでだ。

詩人ミアンは女神の凶手に掛かり、歌は未完のままに終わってしまった。

それを告げようと竪琴から目を離し、正面を向いた。
そのとき。

　竜の山は　雨に曇って

美桜が、まぶたを閉じながら歌った。
何が起こったのかまだ理解できていない。
けれど、光太の皮膚は予兆にざわめいている。
彼女が双眸を開く。
そこには極小の嵐があった。激しく乱れ、二つのものがぶつかって渦巻いている。
やがて――澄み渡った瞳がこちらを、見る。
深い森の色をしていた。
すると彼女が再びまぶたを閉じる。
かすかな震え。とめどなく溢れようとするものに蓋をするかのように。
そうしたまま彼女は、両手を差し出してきた。竪琴を渡してほしい、と。
光太は呑まれ、女神に対するよりも神妙な運びで、その手に収めた。
受け取った彼女は、おもむろにステップを踏むくらいの勢いで並ぶ弦に指を放った。

煌びやかな音の粒。

光太は震えた。

弾きながら彼女はハミングを乗せる。それは準備運動というよりも、試す声。新しい楽器の音色を確かめているような。

そして一拍置き、歌いだす。

これまで存在していなかった、続きを。

夜空の星ほど繰り返してきた光太にはわかる。これは別の誰かがこの場で紡いだものではない。

本物だと。

何よりそこには、この世界でふたりだけしか知らない出来事が歌われていた。

光太は泣こうとした。

けれど、すぐそこまで上ってきていた涙が、きゅっと押し留(とど)まる。

なぜなら、彼女が先に泣いたからだ。

清流のごとく澄んでいた喉が、時化(しけ)になったように濁り、つっかえる。

閉じたまぶたの弧から流れた筋が、丸い頬を伝っていく。

それを見届けてから――彼も泣いた。

全身が熱くなり、すべての血潮を涙に替えていくように両目からこぼしていく。

でも、もどかしかった。

今日までひたむきに貫いた思いはこんなものではないのにと。表しきれないことが、たまらなくもどかしかった。

弦が、終の音を鳴らす。

心に濡れた声がせつせつと伸び、弦の余韻と溶け合い、少しだけ長く響いて……部屋の空気と平らになった。

そうか。

こんなふうだったのか。

浸りながら、彼は思う。

見事な歌だと。

向き合う六畳ほどの空間に、神聖な気配が満ちている。

まるでここだけ、かつてあった紀元前のケルトに戻ったかのように。

厳かな時の中、彼女が閉じていたまぶたを再び開いて——彼を見る。

笑った。

「…………」

やっとみつけたのだ。

長い長い流転を超えて、今度こそ、巡り会えたのだ。

彼女は懐かしい微笑みを浮かべ、呼びかけてきた。

「……タラニス……」

抱きしめた。

この世の果てに辿り着いたかのように、万感の思いを込めて呼び返す。

「ミアン」

腕の中で、彼女の感情の震えが伝わってきた。

そっと抱き返してくる。互いが染みこんでいく。

「……あのとき」

彼女が耳元でささやく。

「あの、最期のとき、ちゃんと言うことができなかったね」

どうしてだろう。

たったそれだけで、莫大な時間にどうしようもなく褪せていた記憶が色鮮やかに、

雨に打たれる山土と彼女の流す血のにおいまでが確かなものとしてよみがえる。

「――愛してる」

清潔なマンションのにおいと、健やかな温もりとともに、聞こえた。

彼はそれをしっかり摑もうと、腕に力を込める。

「ちゃんと伝わっていた」

「知ってる」

彼女がくすりと笑う。

いつのまにか部屋には夕闇の藍色が積もっていた。外の通路から、帰ってきた母と幼子の話し声がする。

「100万回、生きたんだね」

「ああ」

「ずっとわたしを捜し続けてくれたんだね」

「ああ」

「二五〇〇年、100万回も生きて、ずっとずっと、わたしのこと好きでいてくれたんだね」

「そうだ」

彼女の体が熱くなる。

膝に涙が落ちた。どちらの上に落ちて染みたのかも、曖昧な感覚がした。

「……どうしたらいいのかなぁ……」

鼻声でつぶやく。

「それ、どうしたら返せるんだろ」

「何もいらない」

彼はすぐに答える。

そっと体を離し、向き合う。

困ったような幸せそうな微笑み、涙で揺れる瞳。まるで葉の先でいっぱいに膨らんで落ちそうな雫。そこに彼女の美しいと思う世界のすべてを映しているかのような。

「俺は、きみがここにいてくれるだけでもう、十分なんだ」

それは、捜し求め続けたからこそ溢れた、真心。

雫が震える。

彼は彼女の額に手をあてがい、髪を梳くように撫でる。

ふたりの間に自然と引き合う温度が生まれて。

まるで普通の高校生のような姿で、タラニスとミアンは二五〇〇年越しの口づけをした。

7

「タラニス」

「なんだ？」

「えへへ。呼ぶとさ、特別な感じして、いい」

「ミアン」

「うん」

「…………」

「お。嬉しそうね」

「ああ。嬉しい」

「素直ー」

「…………」

「でもさ、呼ばれたときの距離感が違うよね」

「距離感？」

「わたしはね、記憶が戻ったばかりで生々しいから。ミアンって呼ばれたら『はいっ！』ってなもんなの」

「基本は美桜のままなんだよな？」

「そう。二つの感覚が並んでて、まだちょっとこんがらがってる感じ。でもあなたはタラニスって呼ばれたとき、ちょっと距離がある。『お、そうだな』みたいな」

「色々な名で呼ばれてきたからな」

「そこよ。なーんか悔しい。肌感の差が」

「ミアン」

「ん？」

「俺がきみを『ミアン』と呼ぶときも違う」

「あ……だね。わたしがタラニスって呼ぶときとは……」

「過ごした時間が違うから」

「……じゃ、おあいこだ」

「ああ」

「普段は、光太って呼んだ方がいいよね」

「そうだな。それで……」

「で？」

「ふたりだけのとき、そう呼びたいときは呼ぼう」

「いい」

端から見れば、昨日までと変わらない高校生のカップルだ。

けれど、美桜はマックで泣いた。

うららかな晩秋の景色を映す二階席でナゲットを食べていたとき、唐突に涙をこぼしたのだ。

二十一世紀の日本で、彼と今こうして食事をしている自分に感極まってしまって。

光太は胸を詰まらせ、相手が先に泣いたことで穏やかなやさしさに包まれながら彼女にハンカチを差し出す。

まわりの客は何ごとかと見ている。それがわかり合えるのは、この世でただふたりだけだった。

「アルウィーって、どこにあったのかさえ残ってないのかぁ」

美桜がタブレットを手につぶやく。

山にある彼女の研究室。ふたりでソファに並んで座っている。

あのとき生きていた時代を、ネットで調べた。

「ケルトは文字を使わない文化だったから、歴史も神話も失われた。いま伝わってるのはアイルランドとか『島』側のものだけで、私たち大陸側のは全滅」

美桜が溜め息とともに総括した。

当事者であったふたりは、それ故に俯瞰的な事実を把握していない。島との交易は漠然と知っていた程度で、まったく別の民族であることも、別の神がいたことも、初耳だった。

「やっぱり私の不安は当たってた。文字にしないと、残らないんだ」

それがミアンの記憶から出た言葉だとわかったとき、光太の脳裏に埋もれていた声が浮かぶ。

『タラニス様、文字って知ってる?』

「……文字を学びたいと言っていたな」

とたん、美桜の顔がぱっと輝いて、

「アテナイに」

「アテナイに」

光太も応える。

美桜は一瞬じわっとした顔になり、それから遊ぶように肩にもたれかかってきた。

「よく憶えてたね」

「……忘れたことはたくさんある」

美桜が、こちらへ頭を傾ける。

「だが、きみとの旅はいつまでも消えずによみがえるんだ」

「…………」

美桜が無言で体の向きを変え、贈り物を包むように抱きついてきた。

彼女の恋心は瑞々しい。時を経てきた光太とは違い、眠っていたものがついさっき目覚めた、というものだからだ。

けれど美桜はその勢いをすぐに止めてしまう。熱くなっている自分をつい客観的に捉えて、恥じらってしまう。相手がどう思うのか、自分としてどうなのかを考えてしまう。繊細で理性がありすぎる。

だからこうして少し黙っているだけで、彼女から「大丈夫だろうか」とうかがう気配がにじみだす。

だから。

光太は強く抱きしめる。自分は古の戦士らしく、単純であればいい。

ふたりの楽園のような日々が始まった。

クリスマス、初詣、バレンタイン。冬の行事を付き合いたての恋人らしく弾けるように楽しく過ごした。春になると、免許を取ったバイクで海へ行き、誰もいない砂浜を手をつないで歩いた。一緒にいるだけで時間があっという間に過ぎた。

夏は、花火を見に行った。

河川敷ですし詰めになりながら見上げた花火は、空が弾けているみたいだった。燃えかすがぱらぱらと降ってきて、美桜がびっくりしながらも楽しそうに払う。それがあんまりにも可愛らしかったから、光太は買ったばかりのスマホで彼女を撮った。

「花火撮りなよ」

美桜は言いながら、しっかり写真をチェックする。

「めっちゃブサイク」

と笑う。たしかに中途半端なタイミングだった。

「お返し」

美桜がスマホを向けてきて指でパシパシと鳴らす。撮られ慣れていない光太はただ困り顔。「顔かたいよー」とからかわれる。

「ね、もっと恋人らしく映えよ？」

興の乗った美桜が、河を背景にして肩を寄せてきた。くすくすと、二人と夜空が入るようにスマホの角度を調整する。

「花火が上がった瞬間、撮ろ」

それは、とてもありふれたカップルのじゃれ合いだった。

恋人たちにとっては何よりもかけがえのない、はるか古代から続いてきた人の心の営みだ。

次の花火が始まるというアナウンスが流れる。

「これは素晴らしいものだな」

光太は二人の映る機体を見ながら言う。

かつてまったく興味がわかなかったこれの価値が、彼女と一緒になってからはよくわかる。

「この幸せな瞬間を残して、いつでも鮮明に見返すことができる」

液晶に映る美桜が、しっとりとした表情になる。

「あの頃にあったらって、ちょっと思うよね」

「ああ」

美桜の腰に腕を回し、いとおしく抱き寄せた。

花火が上がる。

「好きだ」

「えっ、私も」

夜空に咲いた瞬間、世界で一番幸福だという顔をした二人の瞬間が焼きついた。


秋は、もっぱら美桜の研究室で過ごした。

美桜の推す神アニメの一気観をしたり、山で採れた食材を使って二人で山菜の炊き込みごはんなど秋のごちそうを作った。

「この世界は、本当は十次元まであるの」

食後のテーブルでほうじ茶を飲みながら、美桜が自分の理論をゆっくり話す。

「そんなにあるのか？」

光太は驚く。

「うん。私たちが今いるのは、立体の三次元と時間の一次元を足した、四次元。残りの六つは、そばにあるけど私たちには認識できない。それが余剰次元」

「どうして認識できないんだ？」

「高い次元だから。たとえば平べったい二次元からじゃ、三次元の立体はちゃんと見えない。丸い球が二次元の世界にぶつかったとすると、それは平らな円にしか見えないわけ」

「たしかに……そうか」

「それが次元が違うっていうこと。けっして本当の形は観測できない。——ただね、逆に言うと円にはなる。影響を及ぼすの。それが私の理論のテーマ」

「……人の脳が世界に干渉する？」

「そう。『空想の次元』への干渉」

「空想の次元？」

「私はそう名付けた。人の空想が届く次元があるの。しかもだよ、人の意識だけじゃなく、コンピューターによる仮想からアプローチできる可能性も出てきた」

なにげない語り口から、興奮の熱がにじんでいる。

「俺にはよくわからないが……それはすごいことなんじゃないのか？」

「発表したら大騒ぎね。まだ人類には早すぎる」

美桜がアニメを真似たような口調でおどけた。それから、少し日に焼けた顔をふいに引き締める。

「……これを突きつめれば、光太の呪いだって解決できるかもしれない」

そう。女神の呪いを解決しなければならない。

このままいけば、光太は二十歳を迎えたところで死に、別のものに生まれ変わる。

また、離ればなれになってしまうのだ。

今度いつ巡り会えるかわからない。何百年、何千年。100万回で足りるのか。なんの保証もない。こんな幸運がまた訪れるのか。

次の日から、美桜は本格的に取りかかった。

未曾有の物理学者として。科学的な観測を試み、様々な仮説を立て、脳内のホワイトボードと、パソコンと、物理的な紙を数式と幾何で埋め尽くした。

けれど、なんの進展も得られないまま二年が過ぎ――ふたりは二十歳になった。


冬。


「……『歌の時代』」

美桜が白い息とともにつぶやく。

その横顔が、イルミネーションの照り返しにやわらかく色づいていた。

クリスマスイブ、研究室のコテージをふたりで飾った。

植え込みに花と蝶をかたどった光を散りばめ、木にはリンゴのように丸い球のついたストリングライトを垂らしている。いつもはどこまでも沈んでいくような怖ろしさのある山の夜が、あたたかみのある幻想的な空間に変わっていた。

「世界から神秘が消えたのは、それが終わったからかもしれない」

「歌の時代？」

光太は聞き返す。

「かつての私みたいな詩人の時代」

美桜は灯(あか)りに吸い込まれたまなざしで応える。

「神や歴史を歌で伝承し、世界が歌で満ちていた時代。……でも文字が発明されて、それはぜんぶ本になっていった」

すん、と鼻をすすり。

「形で残るようになった代わりに、人の捉え方が変わってしまった。世界に文字の灯(ともしび)が広がるとともに、神秘が消えていったの。四つも世代が下れば、真実はただの言い伝えに遠のく。世界は歌の時代から文字の時代に移り、神は神話になった」

「……美桜の理論どおり、人の意識が世界を変えた？」

「そう」

こちらを向き、ちょっとかじかんだ頬で笑う。

「つじつまが合う」

そう言ってまた鼻をすすったので、

「そろそろ中に戻るか」

「うん」

美桜がつないだ光太の手をみつめ、親指でぐにぐにと押してくる。彼女は手袋をはめ、光太は素手のまま。

「冷たくないの？」

「少し」

「光太はほんとに丈夫よね」

両手で挟んで温めようとしてくる。その毛糸越しのやわらかさがこの世でいちばん素敵なものに感じられて、ふたりの間に甘い喜びが通い合う。

「手袋持ってない？」

「ないかもしれない」

「…………」

買おうよ、とは美桜は言わない。それで少しでも軋轢が生まれることに怯えるからだ。

光太が挟んでくる手の温もりを感じていると、ふいにぎゅっと固く締められた。

さっきまで逢瀬に緩んでいた美桜の表情が、夕立のように暗くなっている。そこに漂う湿り気に、彼女が何を思ったのかを悟った。

「…………どうしよう。もう、時間がない…………」

三善光太の寿命が、あと十四日に迫っていた。

呪いを解く手がかりは、まだ何ひとつ得られていない。

研究室の前を飾ったイルミネーションも、溺(おぼ)れて沈んでいきそうな日々の中、水面から一瞬顔を出したような苦し紛れの行為だった。

光太は、沈痛な面持ちを浮かべる彼女の手を握り返すことしか浮かばない。

「美桜」

大丈夫だと励ますよりも、覚悟を語るべき時期になったと感じた。

「二度会えたんだ。次もある」

美桜が鼻をすする。

「誓う」

強く手を握った。

「美桜も誓ってくれ。もう一度、俺に会うと」

こちらを向かないまま、美桜は唇をぎこちなく苦笑いの形にし、こじ開ける。

「……ケルトの森ならよかったのにね」

かすれた声で。

「そしたら誓いは――」

　はっと、美桜が止まった。

目つきが変わる。瞠った瞳は、その先に立てば痛みを感じそうなほど鋭い。

光の爆散。何かを閃いた。

「……どうした？」

美桜は答えず、その日から行動を始めた。

8

バイクで夜の山道を駆け上がる。

いつもの研究室のコテージを過ぎ、さらに上へと。

「ぎりぎり間に合った！」

後ろに乗った美桜が、光太に聞こえるよう大声で言う。その響きは眠っていない人間特有の鋭さだ。

光太の寿命まで、あと三十分。

あのクリスマスの日から二週間、美桜はずっと独りで何かに取りかかっていた。

状況を変えるための準備、としか光太は聞かされていない。美桜は自分で完璧と思うまで他人に明かしたがらない性格だった。

そして、光太の寿命が二時間前に迫ったぎりぎりになって連絡してきた。

「あそこに入って！」

山壁に、ぽつんと人工の穴があった。

高さは二メートルほどか。坂のわきにそっけなく空いているので、うっかりすると通り過ぎてしまいそうなもの。

「あれが言ってた実験施設か⁉」

「そう！　そのまま入って！」

光太は速度を落としながら穴に入る。

風が変わった。

坑道の入口を支える赤い鋼板。それに冷やされた空気が眉間にひたりと張りつく。

「レール踏まないよう気をつけて」

美桜の声が聞こえやすくなった。

道の中央に、幅の狭いレールが敷かれている。電車などではなく、もっと小さな荷車などを運ぶものだろう。掘られた岩壁は寂れており、点々と灯るライトだけが真新しい。

「採掘跡なの」

「なんでこんなところに？」

「ノイズを遮断できるから。山の中に作れば、山の高さのぶん地下に埋まってるのと同じ。鉱山だから地盤も固い。私の実験には必要だった」

だから山を買ったのかと、光太は今になって理解する。

緩い勾配を下り平坦になると、別の道から太いパイプが合流してきた。直径は一メートル弱もあり、道がかなり圧迫される。土台に支えられ、まっすぐ奥へ伸びていた。

「これは？」

「重力を検出する装置」

光が見えてきた。

大規模な工業機械による、銀色の照り返しだ。

トンネルの先に広い空洞がある。天蓋を銀色のシートが覆い、足場が組まれる高さまで集積された設備がビニールカーテンで遮られている。

「ここで」

バイクを停めた。美桜がひらりと降り、小走りする。あとを追った。

「これ着て」

ラックにつるされていた白い雨合羽のようなものを渡される。

彼女が目の前でそうするままに手早くまとうと、奥に先導された。

ビニールカーテンを越える。塵やホコリを持ち込めない環境なのだろう。

入ったとたん、むっと暖かくなった。初夏を思わせる温度だ。

あの太いパイプが、巨大な窯のような装置に連結されている。

緑色に光るボタンが並ぶスイッチパネル、重箱のごとく積まれた黒い演算器、むき出しで張り巡らされたケーブル束、フラットな駆動音。

純然たる、大規模物理実験の現場だった。

「ここを一人で……？」

美桜は答えず、進む。その背中から張りつめた焦燥が伝わり、光太も置かれた状況を思い出す。

施設の中ほどに制御卓（コンソール）のスペースがあった。

マウスとキーボードが一つと、上にモニターがずらりと並べられている。表示されているものは、九分割された画面の折れ線グラフや、どこかを映しているらしき丸い光の明滅。光太にはどれ一つとして意味がわからない。

「何をするんだ？」

「私の理論を実行する」

片手でキーボードを叩きながら。

「私たち二人の脳で、局所的に古代ケルトの世界を発生させる」

「……え？」

モニターの一つが切り替わり、黒い背景に白い線だけで描写された３ＤＣＧが表示された。どうやら今いる場所だ。

「もちろん私たち二人だけで世界全体を変えることはできない。けど……」

真下へ続く狭い通路があり、その底にカプセルと呼ぶべき小さな部屋があった。

「この大きさに限定すれば、二十八秒だけ可能」

「………」

途轍もないことをしようとしている。それはわかったけれど。

「古代ケルトの世界を発生させて、どうするんだ？」

美桜は待ってましたとばかりに振り向き——

「〝誓い〟をするのよ」

会心の笑みで答えた。

「あの世界にあった神秘の力で、私たちが離ればなれにならないようにする」

光太は、興奮で体の奥が熱くなった。

誓いの力。たしかにそれならば、望みがあるかもしれない。

——あれ？

次の瞬間、疑問が浮かぶ。離ればなれにならないと誓ったとして……

「具体的に、どうなるんだ？」

「いくつか可能性がある。どれになるかはわからない」

「大丈夫なのか？」

「誓いはシンプルな言葉にしないと」

美桜がモニターの時計を確認し、表情を引き締める。

「行こう。時間がない」

美桜がスペースの中央へ行き、そこにあったハッチを開けた。

「この下」

――。

なぜだろう。

そのとき、唐突に嫌な予感が湧き上がった。

「どうしたの？」

「……いや」

美桜がハシゴを下りていく。光太は躊躇いながらついていった。

円筒の吹き抜けに、ハシゴにふれる手と靴音がこもる。ほとんど使われていない設備の無機質な臭い。

「本来なら、不可能なことだった」

先に下りる美桜が言う。

「だって、古代ケルトの世界を発生させるためには、その時代を記憶した脳がないといけない。そんな条件、普通満たせないでしょ。でも二人いることで誓いを口にできるだけの秒数が確保できた。この時点で奇跡以上の出来事だよ」

私たちは恵まれている――語る饒舌さに、逆に緊張が垣間見えた。

「…………」

ハシゴを一段下りるごとに、光太の中にある予感は膨らみ、焦燥になる。惰性を打ち破って足を止めようとしたとき。

「……タラニス」

彼女が呼んだ。

そうしたいときに呼ぼうと約束した響きは、ただそれだけで、彼女の思いを余さず伝えてきた。

「もう、離れたくないよ」

それでもなお、彼女は言葉に出すことにこだわった。

だから光太はもう、迷うことをやめた。

いずれにせよこのままいけば光太は死に、いつまた会えるともわからない別れを迎える。

ならば、彼女が懸命にみつけてくれた一縷の道に、ともに飛び込むべきなのだと。

天板のハッチを開け、部屋に入った。

狭い。座った二人が向き合うのがやっとだ。

美桜がハッチを閉めると、気圧が動いて鼓膜がへこむ。

「ごめんね、狭くて」

密閉された空間特有の、輪郭の立った響き。豆粒みたいなランプで、美桜の顔が逆光になっている。

「すぐに電気が遮断されて暗くなる」

「何をするんだ？」

「歌うの」

「え？」

「干渉を強めるために、二人の脳で同じイメージを浮かべて束ねる。歌はそのための優れたツールよ。それが衰退したことで世界が変質したほどの、ね」

「……歌の時代、か」

「そう。歌でつながった人々の脳のありようが神秘を生んでいたんだよ」

美桜がここで息継ぎし、

「あと十分」

こうして話しながらも、ずっと頭の中で数えているのだろう。

「タラニスの歌は、本来のテンポで歌えば八分二十九秒。この力場に現象を発生させ誓いを終えるまで、ぎりぎり間に合う」

光太は素朴な疑問を抱く。

「そんなにすぐ、世界が変わるのか？」

「私の計算なら」

芯の通ったまなざしは充血し、涙袋は疲労にくすんでいる。

すぐにじゃない——光太は自分の間違いを悟った。

これは彼女がその天才をもって何年も積み上げてきたものだ。この施設が雄弁に語っている。そしてクリスマスから今日の今まで、寝る暇もなく必死に追い込み、成功すると確信した。

ならきっと、実現する。

美桜がポケットからメモを出し、見せてくる。そこには、誓いの言葉が書かれていた。

「覚えて。もう消える」

光太は集中して記憶した。

「現象が発生したら、上で合図が鳴る」

ランプが消え、何も見えなくなった。

美桜がしっかと抱きついてくる。すっかりなじんだ甘い香り、溶け合うようなやわらかさと温度を、より濃密に感じた。

「ねえ。あの夜の森を浮かべよう」

「……きみが初めて俺の歌を聴かせてくれたとき」

「そう」

「俺の友になると言ってくれた」

「だっけ。——うそうそ、憶えてるよ。急に泣いちゃうんだもの」

「嬉しかったんだ」

「うん。あのときの景色をできる限り浮かべながら歌おう、タラニス」

「わかった、ミアン」

一緒に息を吸う。

抱き合う体が膨らみ、時の感覚がひとつになる。

そして。

歌った。

目を閉じ、暗闇に潜り染みとおっていくように。

お互いの声とぬくもりを導(しるべ)として分かち、響かせあう。

するとどうだろう。

つながった二人の幻想の中に、落葉が現れた。

抱きあう光太と美桜の足下で、落葉が森の絨毯として広がっていく。

そこに低いエニシダが茂り、黄色い花を群生させる。

脈を張る木の根からオークのたくましい幹が現れ、太い毛筆を引いたような枝葉を伸ばしていく。

苔むした石が並び、ちゃぷちゃぷと水が寄せる。泉の黒い水面が渡り、月の光を鏡のごとく映した。

あの夜の森に、二人はいた。

そのとき、上から鐘の音が届く。

美桜のぬくもりが動き、左手をつないできた。握ったまま、肩の高さへ持ち上げてくる。

光太は指を伸ばし、儀式に則り手のひらを彼女と重ね合わせた。

「――……私は」

美桜の声が、粛々と響く。

「〝何度生まれ変わっても、光太と離ればなれになってはいけない〟」

「俺は」

光太も同じ誓いを返す。

「〝何度生まれ変わっても、美桜と離ればなれになってはいけない〟」

たちどころに、二人の薬指が白銀に輝く。

失われた神秘がよみがえり、誓い(ゲッシュ)が結ばれたのだ。

輝きに照らされ、美桜の顔が見える。喜びに弾み、安堵(あんど)に満ちていた。

みつめあう。光る瞳に互いの姿が浮かぶ。

そのとき、光太の心臓が止まった。

今生の寿命が尽きた。

それを伝えようとした刹那、美桜の表情がこわばる。そして——自身の心臓のあたりを押さえた。

何が起きた？

「……美、桜………、」

急速に意識が遠のく。もはやどうすることもできない。

閉じていく今際(いまわ)の視界で、美桜が最後に笑ったように見えた。

物理実験の設備が、フラットな駆動音を響かせている。
先ほどサンプリングの鐘の音が鳴ったが、今はもうない。
一匹の猫がいた。
制御卓のあるスペースの中央、閉じたハッチをのぞき込むようにしている。
猫のミアンはそうしたまま、何か思うように立てた尻尾(しっぽ)の先をくねらせた。

9

はっと気づくと、鼻がくっつくほどの距離に樹皮がある。

もう100万回以上繰り返してきた転生の感覚。素早く状況を把握していく。

この体は——人間。子供。

木登りをしている最中。手の大きさから四歳程度。人間に生まれ変わるときは、いつもこのぐらいの年齢だ。発育が関係しているのだと思う。他の生物の場合は生まれた直後であることも多い。

まわりを見て、自分がどこにいるのかを確認。

公園。日本。

——え？

知っている場所だった。

あのブランコとグローブジャングルの配置。立地の勾配を利用した広い滑り台。その下にあるトイレ。間違いなくマンションの近くの——

「光太？」

すぐ背後で呼ばれ、反射的に振り向く。

同じ歳くらいの女児が、柵の黒いポールに腰掛けていた。一緒に遊んでいて、木登りを見守っていた。そんな感じだ。

なんだろう、やけに見覚えがある。誰かに似ている気がする。誰だ？　いや待て、彼女は今、自分のことをなんと呼ん――

「あっ、記憶戻ったね⁉」

女児がぱっと表情を輝かせる。

その笑顔で、わかった。

「すごいね、一瞬で目と動きが変わったよ」

まさか――。

「………美桜？」

「そうです！」

敬礼した。ものすごくテンションが高い。

「私は半年くらい前に記憶戻ったんだけどさ、いやもうすごいね、なにこの感覚、こんなの本当にあるんだね。あっ、疑ってたわけじゃないのよ？　でもほんっとさあ、感動した！」

まくしたてる表情としゃべり方は、間違いなく美桜だった。

「光太の無垢なかわいさも堪能したし、もう、くぁーったまらんって感じで。でもちょっと？　待ってる間さびしかったり不安になったりもしたけど。気持ちね？」

「……美桜、」

「考えてた可能性の中でも、一番すごいのが来たのよ」

こちらを察して切り替え、説明に移る。

「結論から言うと、今の私は『安土美桜』で、あなたは『三善光太』。そのまま過去に戻った」

………。

驚きのあまり、すぐに飲み込めない。

そんな光太を楽しそうに見つつ、美桜が続ける。

「今ここは、西暦二〇〇五年」

二〇〇五年。

美桜と鉱山の実験施設で誓いを交わしたときが、二〇二一年だった。

「………十六年前に戻った？」

「そう！　だからいま私たちは四歳！」

ベンチにいる主婦たちがこちらを見て、微笑ましそうにした。

「誓いが最大限の仕事をやってくれたのよ」

美桜が少し声を抑えて説明する。

「つまりね、『三善光太と安土美桜が離ればなれにならない』っていうことを一番純粋に叶えた形がこれ。『時間を巻き戻す』。しかも記憶はそのままっていう素晴らしいオプション付き！」

光太は、どうにか理解が追いついた。

「俺たちは、過去に戻ったのか」

「イエスっ。すごいね、大人の心で子供時代をやり直すってこんな感じなんだね。もう面白くってさ」

話す瞳がきらきらしている。何もかも新鮮なのだろう。

「…………」

光太は起こったことのすさまじさを実感し、ふと……こんな疑問を抱く。

誓いは、ここまで大きな力だっただろうか――？

こんな、時を戻すほどの奇跡が起こせるものではなかった気がする。

そのとき、なぁん、と猫の鳴き声がした。

「あ！」

美桜が下を見て驚きを浮かべる。

視線の先を追うと――木の根元に、一匹の猫がいた。

「ね、ミアンじゃない⁉」

そう、猫のミアンだ。

いつものように、ふらりと現れたのだ。

光太は木から下り、屈んで向き合う。

猫はつぶらな眼で挨拶のように見上げてきて、それから膝に体をこすりつけてくる。

尻尾の付け根を撫でてやった。

すると美桜も屈んできて、猫の首を撫でた。両わきに手を差し入れ、ぐいっと抱く。

あいかわらず動物へのコミュニケーションが雑だが、四歳の姿にはよく合っている。

「――私の推測が正しければ」

抱きながら、なんでもないふうに言う。

「光太がこのまま二十歳になって死ぬと、私も同時に死ぬ」

「……え？」

「見たでしょ？　誓いをしたとき、光太の心臓が止まった直後に、私の心臓も止まった」

確かに見た。体感的にはさっきのことだ。

「離ればなれにならないという誓いが実現した結果、そうなった。同時に死ぬ。そしてまた時が戻ってっていう……その繰り返しになるはず」

「待ってくれ。それって……」

「うん。これからずっとずっと、一緒に繰り返す」

「美桜も呪われたようなものじゃないか」

「だね。共有した形になる」

愕然(がくぜん)となった。

自分の過酷な運命に、彼女を巻き込んでしまった——。

「落ち込まない！　これ、めっちゃポジティブなんだから」

そう言う美桜の顔は、気休めのそれではない。

「だって、ほぼ無限の時間がもらえたってことでしょ？　研究し放題じゃん！」

本気で喜んでいた。

「二年とちょっとじゃさすがの私も解決できなかったけど、これから十年も一〇〇年も取り組める。しかも記憶を引き継げる、強くてニューゲーム！　クリアできないわけがないよ」

天才が持つ、根拠のない自信という名の確信。その絶対的に前向きな輝きが光太を照らしてきた。

彼女の能力を目の当たりにしてきたこと、無制限の時間が与えられること、何より伝わってくる「達成できることは確実」という雰囲気が、光太にもそうではないかと思わせてきた。

「お、いい顔になった」

美桜が猫を抱きつつ指さす。

「私を信じてくれてるね」

その言葉に、光太は笑む。

「ああ。信じてる」

美桜は白い歯を見せた。

「任せて。絶対応える」

猫が身をよじり、美桜の腕から逃げた。

＊＊＊

「美桜の推測は正しかった」

病室に、光太の声が硬質に響く。

降り続く窓の暗さと室内の明るさが絵画のような対比を描いている。窓の縁からほんの少しずつ秋の冷たさが染み出てきていた。

「俺が呪いに定められた寿命で死ぬと、美桜もつながって死ぬ。そしてまた、生まれたときに時間が戻る」

ハルカが手袋を編み続けている。最後に残った親指。完成に近づきつつあった。

光太の話も同じく、残り少ない。

「なんかわかってきたよ」

ハルカが思慮深い瞳で言う。

「美桜は、がんばったんだね」

がんばった――その言葉に大きなものが押し寄せ、光太は全身に力を溜める。

「……ああ」

かすれる声で応え、ベッドにもたれる美桜を見る。抜け殻になってしまった愛する人を。

『私だって100万回がんばれるよ』

何度もそう言っていた。

十代の天才らしい自信に輝く顔で。

生と死を繰り返し、同じ十代の姿のまま人の寿命をとっくに超えて尽きざる太陽のごとく燃えていた心のエネルギーに陰りが見え始めたときだって。

「美桜は……がんばったんだ」

人類史上最高峰と言っていい頭脳が、すべてを振り絞った。

情熱と達観を兼ね備えた現代らしい完成度の高い天才が無限の時間を与えられ、何度も何度も。何度も、何度も。

手がかりをみつけて歓喜し、やがてそれが行き止まりだと諦めることの繰り返し。

その徒労と落胆が、数え切れないほど精神を打ちつける。

すべてのものを変えてしまう時の流れが美桜の心をゆっくりと削っていき、輝きとやわらかさを奪っていった。

「……なんで光太は平気なの？」

一四度目の人生を迎えたとき、美桜が冗談めかして聞いたことがある。なぜこんな長い時間に耐えられるのかと。

光太にも理由はわからない。悩んだあげく、

「……神の子だから？」

すると美桜は、引きつった笑いを浮かべた。


寿命が尽きてまた目覚めたときに会う公園で、最初に見る美桜の顔はどんどん表情を乏しくさせていく。

脈絡なく叫んだり、光太を遠ざけたりした。消えかけた炭火を吹くように本来の輝きを取り戻す時期もあったが、最後には完全に消えた。

そんなふうになっても、呪いの研究をやめようとはしなかった。

いつしか研究室には書き殴られたコピー用紙が散乱し、何枚ものホワイトボードが室内を囲った。

彼女の誇った脳内にある東京都と同じ面積のホワイトボードが、消え去ってしまったのだ。

書かれた数字や図形は、とうとう光太にさえ無意味なものだとわかってしまうものになり、つまり……。

美桜は、壊れてしまった。

彼女が心配で、ずっとそばにいようとした。

でも、叶わなかった。

光太が目の前にいると彼女は心を乱し、自分の体を痛めつけるようになったからだ。

彼女にとってそういう存在になってしまったことに打ちひしがれ、かなしみと無力感に立ち尽くす。１００万回も生きたのに、どうすればいいのかわからなかった。

そして、今でも生傷のように痛むあの日を迎えた。

一週間ぶりに研究室を訪れると、机のそばで美桜がうつ伏せに倒れていた。

「美桜！」

抱き上げた感触がすかすかで、光太の心臓は冷たくなる。

揺さぶりながらもう一度呼ぶと、閉じていたまぶたが開いて……やわらかな弧を描く。

それはとても久しぶりに見た、無理をしていない微笑み。あまりに透きとおっていて、何か取り返しのつかないものがこぼれているようで怖ろしかった。

彼女の乾いた唇が何か言う。

「……１００万回、がんばれるから」

光太の目から涙が溢れた。

「もういい」

その言葉が何になるのか。

たとえ美桜が放棄しても、呪いは消えない。終わらない命に巻き込んでしまった現実は変えることができない。

だというのに。

「もういいんだ……」

言うことをやめられなかった。

美桜の瞳がふっと遠のき、また閉じる。

こぼれていく。

なくなってしまう。

どこをどう押さえればとどめられるのか。何もできなくて、ふためく心と体の動きが正反対になってしまう。

「…………よいと思います…………」

美桜がうわごとを言った。

「美桜？」

揺さぶる。

「……………タラニス様……………」

はっと、腕を止めた。

命の色が褪せていく彼女の顔つきが変わった。

美桜ではない。遥かな時を遡る、懐かしい面影だった。

「………………あなたの友に………………わたしが………………る………………」

刹那――のしかかる身体の重さが、無情に変わった。

「………………」

涙よりも速く。

人の大きさで抱えきれない感情が爆ぜ、叫んだ。

「美桜が死に、呪いでつながった俺もすぐに死んだ」

光太は熱く湿気った声で結ぶ。

ハルカは夜のようにうつむき、下唇を押しつぶしている。なぜだろう、それは何かを悔いている色に映った。

「それから美桜はどうなったの？」

光太の中にまた、違和感がかすめた。

続きが知りたいのではなく、何もかもわかった上で促している。そういう響きに聞こえたのだ。

これまで全てそうだったのではないかという疑いが、泡沫のように浮かぶ。

ありえない、とすぐに振り払う。

「……それが、今だ」

光太は答える。

「美桜は記憶をぜんぶ失くして、別人みたいになった」

「やっとあたしの登場だ」

「そうだな。俺たち三人の話だ」

これが最後。

「美桜と距離置いてたよね。わざとだったんだ」

「ああ。遠くから見守ろうって決めたんだ」

光太の目から見た、１００万回生きたという少女の青春。

第5章
瞬き

1

次に目覚めたときも、いつもの公園だった。

だが、最初に声をかけてきた人物が違う。

「どしたん、光太？」

初めて会う女児が、きょとんとした顔で聞いてくる。

ハルカちゃん。

目覚める前までの記憶が追いつく。最近よく遊ぶようになった子だと。

同時にもう一つの情報が追いついてきて――光太は、はっとハルカの隣を見た。

美桜がいた。

「美桜っ！」

死ぬ直前の感情を引きずり、思わず大きな声が出てしまう。

「わっ」

と驚いたのはハルカ。

「…………」

美桜は小さく開いた口からわずかに息を吸っただけ。鈍く光のない瞳を黙って向けている。

そこに映る色が、残酷に伝えてきた。

光太のことを忘れている。知らない相手を見る目だった。

愕然と向き合っていたとき、ハルカがふざけて肩をぶつけてきた。

「なんだ」

「なんだ」

ハルカが口真似をして、ふにゃりと笑う。そして肩に腕を回し、体重を乗せてじゃれついてきた。

「おい」

「おい」

また真似をしてはしゃぐ。たしかにハルカからすれば、いきなり妙な口調になったと思えるだろう。

そんな自分たちを、美桜は興味のない絵でも見るかのようにぼんやり眺めていた。

一緒に遊ぶうち、わかった。

美桜は、すべての記憶を失ってしまったのだと。

つまらなそうな顔をしながら、なんでもなすがまま。まったく違う人間になってしまっていた。

でも光太は、そうなってしまった彼女にとても――ほっとした。救われた気持ちにすらなった。

なぜなら、美桜はあんなにも苦しんでいたからだ。

あの地獄の日々から、解放された。

だから、そのままにしておくことにした。

つらいことを思い出してしまわないよう、ハルカを通した友達の友達という薄いつながりで、遠くから見守ることにした。

ハルカとよく遊ぶようになった。

幼い子供と遊ぶのは疲れるのでずっと避けてきたが、ハルカとは妙にしっくりときて、一緒にいることが苦にならない。

ハルカは人なつっこく、独特だった。

空が好きだった。

一緒にいて特に何もしないときになると、ぼぅっと見上げる。そして無意識に手を上下に動かしたりする。

油断しているとくっついてきて、肩に額をこすりつけたり、膝の上で丸くなって寝たりする。光太が話すと嬉しそうににこにこする。理由を聞いても笑うだけ。人なつっこいにもほどがあると思いつつ、妹のような感覚を抱くようになった。

そういえば、光太の生活に一つ大きな変化があった。

今、家に猫はいない。

他の生きものも、ついに現れなかった。

小学校に上がって、ハルカと同じクラスになった。

ハルカは男女問わず仲良くなる。同じ学校だけでなく別の学校にも友達がいて、むしろそちらが親しい。そういうところがあった。

男子の輪に一人で入っていくことにも抵抗がない。今はまだいいが、このままいくといじめられてしまうのではないかと、光太はそんな心配をした。そのときは自分が守らねばと。まさしく、妹に対する兄の心地そのものだった。

だから、勉強も教える羽目になる。

ハルカは勉強ができなかった。

低学年の授業すらあやしく、高学年になると本格的につまずいた。光太はハルカを家に呼んで、懇々と教えた。

　するとどうだろう。授業ではあんなに気怠そうだったのに、光太の話は熱心に聞き入り、するすると内容を吸収していった。ハルカはそういう極端なところがあった。

「光太、天才だね」

「違う」

「天才だよ。テスト満点だったし」

「それは——」

　ただ何度も高校生活を送り、繰り返し授業を受けてきたからだ。

　はじめはさっぱりだったが、退屈しのぎに付き合ううち、中学までは完璧、高校はそこそこぐらいにはなった。それは膨大な時間をなんとなく積み重ねた結果で……

　刹那、全身に稲妻が落ちたような衝撃が走った。

「光太？」

　——そうだ。

　なぜ気づかなかったのか。

　俺がみつければいいんだ。

　俺が勉強をして、呪いの正体を突き止め、消し去る方法を探せばいいんだ。

　美桜のような天才じゃない。

　だが、時間は無限にある。いくらでも学び、試し、挑戦をし続けることができるのだ。

美桜に頼りきりだった。自分の役割ではないと決めつけていた……。

次の日から、勉強を始めた。

それは大きな発見で、転機になった。

勉強は楽しかった。

目指すものがはっきりとし、それに打ち込めているという実感。真剣にやるとそれなりに伸びしろがあったらしく、ぐんぐん成績が上がった。新たなことを理解していく手応え、成長の喜びがあった。

美桜の尽くした努力に寄り添いながら、彼女の好きだったものを理解していく。

これでいいのだ、という思いが自分の中に満ち満ちる。

それは、光太の人生にこれまでなかった充実した日々だった。

「光太さ、キャラ変わったね」

ある日、ハルカに言われた。

「すごい明るくなった」

その言葉どおり、クラスメイトたちが話しかけてくるようになって、光太もそれを自然と受けとめることができ、だんだん今っぽいやわらかな話し方や振る舞いができるようになった。

人は変わるときは大きく振れる。ちょっとチャラい。光太はそんなキャラを手に入れた。

タラニスの頃からずっと「近寄りがたいやつ」だった自分が、高校に入ったあたりになると、すっかり「明るくて勉強ができるやつ」という評判になっていた。

2

「……ごめん」

光太は告白を断った。

「うん、わかった」

科目の授業で一緒になる隣のクラスの子が気丈に笑う。

「ていうか、こっちこそ。明日からは普通に」

「おう」

小走りで去っていく彼女を見送る。高校に入ってから一年半、この十月までで五人目だった。

呼び出された校庭の隅から、頃合いを見て出る。

薄緑色になったプール、向かいにある体育館から届くバレー部の音、自転車が無造作に止められた駐輪スペース。

昇降口へ続く通路に置かれた給水器で水を飲む。ペダルを踏んで出てきた水がひどく冷たく感じた。今日は朝から寒く、放課後は大雨だという。

「やっぱ、めっちゃモテてんじゃん」

振り向くと、ハルカがいた。

「……見てたのか？」

「空気でわかる」

そういうやつだ。

「何人目だっけ？　四人？」

「……五人」

「やば。女子から告るってよっぽどだからね。好きな子もっといるよ」

「…………」

「悪いことすんなよー？」

胸を小突かれた。

「お前こそ」

「ん？」

「男と遊び回ってるだろ」

本人も言っているし、実際駅前とかで何人もの男子と遊んでいる姿がクラスメイトに目撃されている。男側の変化だろう。高校に上がってそういったことがにわかに活発になった。

「一緒にいたげると喜ぶから」

ハルカはなんでもない顔で言う。まるでそれがよいことだと聞いて育ったように。

光太はため息を吐き、

「とにかくやめろ。心配だから」

ハルカが水滴が落ちたふうな真顔になって、みつめてくる。

「心配してくれるの？」

「当たり前だろ」

すると、ふにゃりと嬉しそうに笑って抱きついてきた。

「おい」

「わかった。もうやめる」

肩に額をこすりつけてくる。小さい頃のように。撫でろと言わんばかりだ。

「撫でて」

言った。

光太はまわりに人目がないことをたしかめ、手のひらをつむじからうなじの曲線に沿わせた。してやるのが手っ取り早いからだ。満足するとすぐ離れる。……ほら。

余韻にふやけたハルカが、はっと思い出したそぶりで、

「そうだ。美桜いま、ヤリチンの先輩に告られてるよ」

胸に凍った痛みが刺さる。

けれど、美桜とは薄いつながりだと演じてきたキャラが、ハルカの前で表情の変化を押しとどめた。

『もし三善くんもしたいなら言って』

昼休みに学食で二人きりになったとき、美桜の投げやりな言葉に泣きそうになった。

誰よりも心配で、深く存在を想っている。

でも、だからこそ、うらはらな態度が簡単に作れてしまう。

「そっか……」

結果、ハルカに返したのはそういうバランスの反応だった。

「美桜のことは心配じゃないの？」

「そりゃ心配だけど」

ハルカの唇が捻れた。

怒っているような、拗ねているような、悲しんでいるような、様々な気持ちがぶつかった跡。

そういう負の感情をめったに向けてこない相手だから、光太は怯んで、

「……いや」

言い訳みたいにこぼす。

「屋上にいるよ」

届けた荷物を置くように言い、そのまますたすたと昇降口の中に消えていった。

「…………」

光太は教室に置いたままの鞄を取りに行くため、校舎に向かう。

直通の渡り通路ではなく、雨のぱらつき始めた中庭へ。

校舎の屋上を仰ぎながら、ゆっくりと歩く。

いた。

一人で立つうしろすがたが、ぎりぎり見えた。

雨が急に勢いを増し、予報どおりの土砂降りになる。

だというのに、美桜は微動だにしない。

不審に思いながら、彼女をみつめ続ける。同じ早さでずぶ濡れになっていく。髪が水を溜めておけなくなって、額やこめかみから流れていく。

美桜が動いた。

前へ行き、反対側に見切れていった。

その動きに、いやなにおいがした。

急いで中庭を出て、校舎裏に向かう。

いつも裏門から駐輪スペースに向け自転車で通る、陽当たりの悪い道。砂利を固めたコンクリートが雨に濡れ、硬度を増したように感じる。

——いた。

美桜が鉄柵の縁に指をかけ、ぼんやりと地面を見下ろしている。

その顔が一瞬、黒い穴のように見えたとき。

体が鉄柵を越えて折れ曲がり——そのまま落下した。

「　」

光太は動く。

いつぶりかわからない英雄としての全力で駆けた。

跳ぶ。

髪や服の揺れがゆっくりに見える凝縮した瞬間の中、美桜を受けとめた。

腕の中で、彼女がみつめてくる。

その瞳にずっと失われていた光が小さく瞬き、光太は金貨をみつけたような気持ちになった。

校舎の裏口の段にある狭い踊り場。突き出した庇から、つたつたと雨水が垂れている。

ハンカチで美桜の額を拭(ぬぐ)いながら、光太の心はぐしゃぐしゃに乱れていた。

まさか死のうとするなんて。

無気力で投げやりに生きているとわかっていた。

それでも距離を置くべきだと堪(こら)えていた。美桜の心が少しでも平穏に守られるよう。

そのためだったのに。

どうすれば？

いったい、どうすればいいのか。

山の夜に似た絶望が背中に忍び寄ってくる。

「どうして？」

そのとき、美桜が聞いてきた。なぜあんなに高く跳べるのかと。普通ではないと。

「俺、英雄なんだ」

言ってしまっていた。

張り裂けそうな心が美桜に近づきたくて、ずっと抑えていた自分のことをこぼしてしまった。

すると彼女はもの思う顔をして、薄皮一枚めくったような澄んだ印象になる。

「私ね、実は１００万回生きてるの」

——ああ。

ああそうか。

「そういうことかぁ」

理由を知れたことが、声を明るくした。

かつて彼女に語ったタラニスの話を、自分の記憶だと思い込んでいるんだ。

美桜の中に、俺がいた。こんなふうになってしまっても。

たまらなくなった。

「でも俺は、安土さんに生きててほしいよ」

ちょっとチャラい三善くんの仮面を外せないまま、

「死んだらまた、ぜんぜん違うところに生まれ変わるかもしれないんだろ」

ひたむきに隠してきたことを冗談っぽい言い方で伝えてしまう。

まるで、好きな子と話す不器用な男子みたいに。

「俺と安土さんがこうしてるのはさ、１００万回に一回の出会いなんだよ」

なんだか、もう一度美桜に初恋をしているみたいだ。

遠回しに遠回しに伝えてしまう。

いくらモテるようになっても、本当に好きな相手にはこんなふうにしかできない。

けれど。

「……三善くんは、誰かを好きになったことはある？」

彼女のまなざしに、好意の芽生えをみつけた。

それは何度もみつけてきたからわかるもの。

同じこの場所で、彼女の実現しなかった夢の高校生活を聞いたとき。

二五〇〇年前の旅路でも。

――そうなんだ。

今、腑に落ちた。

ふたりは、何度どんな形で会ったって、お互い好きになっていく運命なんだ。

「明るくて……世界で一番頭がよくて、人がいるとずっとしゃべってて、歌うのが好きだった」

「私とぜんぜん違うね」


いいや。


「………うれしいの………私、まだこんなふうになれたんだなって……」

好きな人は、今のきみみたいに泣く人だ。

「何かがいやで、誰かが好きで、苦しくて悲しくて、ほっとなったりやり直したいってぐちゃぐちゃになって……私は、私の心はまだ……あったんだって……」

記憶をなくし、自分をなくしても、またこうして心をよみがえらせようとしている
野辺の花のようなきみだ。

「私、三善くんのことが好きだよ」

美しくて、愛(いと)おしくて、泣きながら抱きしめた。

「俺も、好きだ」

キスした。

世界でいちばん愛している。

必ずきみを救ってみせる。

＊＊

光太は、今日に至る長い物語をすべて話し終えた。

病室は斎場に似た静謐（せいひつ）に沈んでいる。

「……タラニスとミアンが出会って」

ハルカが、今までのことをまとめるようにつぶやく。

「女神の呪いにかかったタラニスが１００万回を生きて」

「光太と美桜になって再会して」

「誓いの力で同じ時間を何度も何度も繰り返しながら、呪いを解こうと美桜ががんばった」

これ以上沈んでいかないよう、水かきをするみたいに。

「でもダメで。美桜は何もかもを忘れて、今の美桜になった」

「……ああ」

光太が引き継ぐ。

「ぼろぼろになって、魂の熱が消えてしまって、どうでもいいと投げやりになった美桜だ」

でも、輝いた。

急に電話をかけてきて、どうしてかわからないけど会いたいのと言ってきたあのとき、美桜は嬉し泣きをしながらまた輝いたのだ。

光太はベッドの上に目を向け、すんと鼻をすする。

あの美しい顔に、今は何も浮かんでいない。

「……あれは」

否応なく、わかってしまうことがある。

「燃え尽きる前の、最後の瞬きだったんだ」

救おうと思った。

100万回、1000万回、どれほどの時をかけても知識と研鑽を銀河の果てまで積み上げ、忌まわしき呪いから共に解き放たれようと。

けれど……。

燃え尽き滅んでしまったものは、もはや取り返しがつかない。

たとえ解放されたとしても、美桜は死ぬまでこのままだ。

……。

うなだれる全身が濡れた砂のように重い。

もう何もしたくない。

「大丈夫だよ、光太」

垂れた頭に、ハルカの声が降ってきた。

振り仰ぐ。もう動きたくなかったのに、不思議とそうさせる響きがあった。

そのとき――ノックの音。

引き戸がすらりと開き、若い女性の看護師が現れた。

「こんにちはー」

光太たちを見て、軽やかな笑顔で言う。毎日面会に通っているのですっかり見知った間柄だ。

ワゴンを押して入ってくる。部屋に漂う重さを察しているかもしれないが、あえて気づいていない態度。彼女の内には同情や様々な思いが巡っているのかもしれないが、すべてプロの表情に包み隠されていた。

ワゴンにはタオルと洗面器、お湯を溜めたバケツなどが載せられている。これから、美桜の清拭が始まる。

面会は終わりだ。

ハルカが完成間近の手袋をバッグに詰め、

「光太」

手を取って促され、光太は冬の毛布から出る緩慢さで立ち上がる。それから、

「……よろしくお願いします」

看護師に伝えた。

「はい」

出る間際、ハルカが振り返り、なにげないふうに言う。

「美桜、元気でね」

そして二人は、長く留(とど)まっていた病室をあとにした。


雨が上がっていた。

自動ドアを抜けると、外の匂いが変わっている。

むせかえる水蒸気が肌に当たる。暗く覆っていた雲が薄く散りぢりになり、隙間から差す陽がロータリーのアスファルトを鱗(うろこ)のように光らせていた。

「晴れたねぇ」

「……ああ」

「なんか食べてく？」

「……悪い、今日は」

「そっか」

ハルカがこちらを見て、

「じゃあ光太んち行っていい？」

「……は？」

「いーじゃん久しぶりに。ね、決まりっ」

光太の腕を引き、バス停に向け歩きだす。逆らう気力もなく従う。

「いや、濃い時間だった」

ハルカがひとりごとのように言う。

バスが出たばかりなのか、停留所には誰もいない。

「ねえ」

振り向くと、ハルカはいつもの癖で空を見上げている。

「あたしたちさ、長い付き合いだよね」

光太はわずかに戸惑う。

ついさっき100万回と二五〇〇年のことを語り終えたばかりなのに。光太にとってハルカとのつながりは、そのうちの十数年でしかない。

でもたしかに、彼女にとっては人生の大半だ。

「そうだな」

するとハルカがこちらを向いて、いつになく控えめに笑む。
ちょうど雲間からの陽があたり、頬が鮮やかに映えた。

とあるものの物語

それは〝呪い〟だった。

女神が英雄に与えた呪いという莫大な力(エネルギー)だった。

力は力として、ただ、英雄のそばにあった。

英雄が繰り返す気の遠くなるような輪廻(りんね)。幾たびも幾年も、ただただそばに存在し続けた。

そしてあるとき力は、形(もの)となった。

はじめは蝶(ちょう)だった。

たまたまそうなっただけの蝶は、蝶ゆえに特に心もなく、ひらひらと舞いながら英雄につきまとう。

言葉も歌もわからず、そばにいた。

蝶はやがて、鳥になった。

「ミアン。これから世界を見て回ろう」

鳥の耳で「ミアン」という音が自分を呼ぶものだとわかるようになった。

英雄と旅に出た。

彼はひたすらに歩き、船に揺られ、何度か生まれ変わりを挟みながら世界の大陸と島を巡った。

鳥はずっと、ともにいた。

肩にとまり、同じパンを食べ、そばで眠った。

暖かい風、冷たい風、潮風を翼にはらみ、彼のまわりを飛んだ。

彼はときどき歌った。

その音に乗って飛ぶのが、鳥はいちばん心地よかった。

「あの雲、俺たちの住んでいた丘の形に似ているな」

「残念ながら俺は、花を育てるのに向いていなかった」

「世界は美しいな」

かけられる言葉の意味はつかめず、鳥にとっては音だった。

すべてが心地よい歌だった。

鳥のくちばしでさえずり、ともに歌った。

彼のことを特別に思う心が芽生えていった。

旅が終わると、彼はだんだんと長い命への苦しみを露わにし、やがて限界を迎えた。

彼は自分には特別な耐性があって、100万回をくじけもせずやり過ごしたのだと思っている。

そうではない。

ただ単に、壊れていた間のことを忘れてしまっただけだ。

ひと晩中泣きながら「ここから出してくれ」とのたうち回った。叫び続けて喉が潰えてしまった。薬に溺れてそのまま死んだ。虚ろなまま川を流れる藻屑のごとく数多の輪廻を流れた。

その痛ましい姿を鳥はずっと、ただずっと、そばで見ていた。

「……ミアン……ミアン……！」

彼が洩らすその音は、はたして本当に自分のことなのだろうか。

鳥の頭ではわからなかった。

けれど、彼が弱って動かなくなってしまうことがどうしようもなくかなしかった。

ある星のきらめく夜だった。

波の寄せる砂浜で、彼が正気を取り戻した。

鳥はそのことがわかり、嬉しくて鳴いた。

星は地上を照らさない。海辺は暗くすべてが闇に溶けていて、互いの姿を目に映すことができない。

だから鳥は点々と跳ね、闇雲に彼に羽毛を当てて、ここにいると。嬉しいと。歌った。

「ミアン」

彼が明晰な声で呼んだ。

「愛している」

全身が震えた。

どうしてなのか、きちんとはわからない。けれど、これから先もずっとずっと彼といたいと、鳥は思った。

そして鳥は、猫になった。

猫になると、それまでよりたくさんのことが理解できるようになった。

ミアンというのは彼のつがいの名で、自分はその生まれ変わりだと期待されている。

そうであればいいなと、猫は思った。

ずっと家にいて、彼のベッドをお決まりの寝床にし、帰ってきた彼の足に体をこすりつけて甘え、ひげの周りを撫でてもらう。話しかけられると嬉しい。彼の声を聞くのは何より心地いいから。そして眠りにつき、朝になれば彼を起こす。

いつまでもこんな日が続けばいいと願った。

「ミアンの生まれ変わりに会えたんだ！」

春の日、彼が見たこともない眩しい顔で言った。

そのとき猫は両手で高く抱え上げられていたのだけれど、まさしく心もそんなふうだった。手足をついていた地面がなくなって、ぶらりん、となったのだ。

肩に乗せられぎゅっとされたり撫でられたり、ひとしきり喜びをぶつけられたあと、

「なら、お前はなんなんだろうな」

問われた刹那——猫は自らの正体を自覚した。

呪い。

ずっとずっと彼を苦しませてきた女神の呪い。それが自分なのだと。

それからほどなくして、彼が彼女を連れてきた。

「はじめまして」

輝く目をした美しい人だった。

慣れない手つきで背中を撫でてくる。

その彼女をみつめる彼のまなざしの色は、旅と流転のさなかに彼女について話すとき浮かんでいたもの。それが鮮やかに凝縮されていて……ああ本当に愛しているのだ

な、とわかった。

部屋の外に出ると、とても久しぶりに彼の歌が聞こえてきて。

猫はわかったのだ。

自分は、彼が嬉しそうにしているのが好きなのだと。かなしみで動かなくなってしまうのではなく、歌っていてほしいのだと。

彼を心から愛しているのだと。

だから猫は、あることを始めた。

自分という大きな力を摑み、操れるようにしていった。

彼と彼女の交わした誓いを手助けし、二人が離ればなれにならないようにした。

そうしたあと、呪いである自分自身を別のものに置き換え始めた。

彼を救う奇跡に。

こつこつと、編み上げていくように。

そして。

蝶として、鳥として、猫として彼に寄り添ってきたそれは——

最後に、人になった。

終章

100万回生きたきみ

1

「ハルカちゃん、久しぶりだねー！」

玄関で、買い物に出ようとする母と鉢合わせた。

「えへへ、ごぶさたです」

ハルカが普段よりもあどけなくはにかむ。

「えー？　なんかめっちゃかわいくなったじゃん」

母が、光太に対するものとはまるで違う女子っぽい調子になっている。娘がいれば
こんなふうなのかもしれない。

「来るなら教えてよー。どうしたの今日は？」

「見舞いの帰りで」

とたん、母がはっとなる。美桜との面識はないが、光太たちのつながりは知ってい
た。出かけることを示すようにエコバッグを持ち直し、

「ぱぱっと買ってくるから、あとで話そ。女子高生の若さを浴びたい」

「──おばさん」

すれ違おうとしたとき、ハルカが呼び止める。「?」と振り向く母に、彼女は言葉を探す間を置き……ただ、愛嬌（あいきょう）のある顔でひらひらと手のひらを振った。

「あとでね」

母も振り返し、出かけていった。

「会えてよかったよ」

「そうか」

光太はなにげなく返す。

「あーこのにおい。懐かしい」

ハルカが鼻をすーっと鳴らす。

「光太の家のにおいだ」

玄関からの景色を見渡すまなざしが、ちょっと潤んでいた。

光太は大げさだなと思う。

「ね、ひととおり見て回っていい?」

「いいけど……」

靴を脱いで上がり、まずリビングへ行った。

幼い一時期、ハルカはよく家に遊びに来ていた。何度か泊まったこともある。

一緒にゲームをしたソファ、ごはんを食べたダイニングテーブル、歯を磨いた洗面台。光太の記憶もよみがえる。

ハルカはひとつひとつ、味わうように丹念にみつめていった。

「そんなに懐かしいか？」

「まあね」

光太は軽く頭をかき、

「また来ればいいだろ。お袋もあんな感じだし」

背中を向けていたハルカが、ゆっくりと振り向いてくる。

さっきのバス停で浮かべたものと同じ、控えめな微笑。

光太はかすかな緊張を覚える。

「……どうした？」

「ん？」

「なんか、違わないか。いつもと」

「えー？　そんなことないよ」

「…………」

「ほら、部屋いこ」

「もういいのか？」

「うん。もういい」

開けたドアから入るとき、ハルカがぴくりと立ち止まる。

そしてこれまでと同じく、瞳に写しとるように室内を眺めた。

と、しなやかな足どりでベッドに歩み寄り、軽く飛んでダイブする。

「どーん」

はしゃいで言って、まん中あたりで背を丸める。これもよくやっていた。

「ガキか」

「えへへ」

ハルカは目を糸のように細めながらシーツに鼻を押しつけ、すんすんと、

「嗅ぐな」

「えー」

光太はやれやれとなりながら椅子を引き、腰掛ける。

「ねえ光太」

「ん？」

「歌ってよ」

寝そべったまま見てくる。

「あの歌。聴きたい」

「…………」

ハルカに聴かせたことはないと、光太は思う。

病院でこれまでの話を語った後だ。そう言う気持ちもわかった。

「いいけど」

ハルカが嬉しげにほころぶ。

光太はくすぐったくなりながら、壁にもたれさせている竪琴を拾い上げる。

するとハルカが起き上がり、わきに放っていたバッグから完成間近の手袋を取り出した。

「編むのか？」

「聴きながら完成させたい」

「なんでだよ」

苦笑し、竪琴を構えた。

「じゃ、始めるぞ」

「うん」

軽く音をたしかめ、前奏のアルペジオを弾いて歌いだす。

ハルカは陽だまりにいるような表情で耳を澄ませていたが、やがて手袋の仕上げに取りかかった。

かぎ針を動かし、こつこつと、丁寧にわずかな残りを編み上げていく。

そしてついに、できあがった。

歌がまだ続いていたから、ハルカはそのあとはじっと光太をみつめていた。

演奏が終わり、弦の余韻が室内に染みとおる。

窓の外はすっかり暗い。まだ時刻は浅いが秋の夕陽はつるべのごとく落ちてしまった。

ハルカがぱちぱち、と拍手した。

「手袋、できたのか」

「うん。できた」

そのつがいを両手ですくい上げ、妙に感慨深げなまなざしをする。

「ねえ」

ハルカが光太の背後に目をやり、

「入学式、始まるよ」

「……え？」

いきなり何を言い出すのかと思いつつ、とりあえず振り返る。

後ろの男子生徒と目が合った。

「——!?」

光太がびくりと身を引くと、相手もつられて反応した。

振り返った先にいた男子生徒は、真新しい詰め襟を着てパイプ椅子に座っている。

同じ格好をした者たちがずらりと並んでいた。

そして自分自身も、詰め襟姿でその中にいる。

——なんだこれ。

混乱しつつ、ハルカを捜す。

白々と明るい体育館。床に敷かれた薄緑のシート。壇上には花が飾られ『入学式』と書かれた横断幕が掛かっている。

そのとき。

「安土美桜、どこ?」

周りの話し声が聞こえた。

「さっき見たけど、めっちゃかわいかった」

「マジ？　どこで？」

光太は強烈な既視感を覚え——すぐ、いつだったかを思い出す。

美桜と初めて再会した、あのときだ。

最前列の一ヵ所に、生徒たちの視線が集中している。

光太は、はっと息を呑む。

わずかな隙間から、美桜のうしろすがたが垣間見えた。あのときと違って、今は一瞬でそれだとわかる。

「ていうか、日本にいたんだ」

「なんでこの学校来たの？　偏差値五十だよ」

すべて、あのときと同じ会話だった。

——どうなってる……？

胸を締めつけられながらも、何が起こっているのかを考える。

夢か？

……いや。

夢と思ってなお、感触が生々しすぎる。

だとしたら……なんだ。

ブツッ。

マイクの入った音がして、ざわめきが凪ぐ。

一張羅のスーツを着た男性教師が入学式を始めるアナウンスをし、壇上で校長が式辞を述べはじめる。

心臓の拍動が上がり、耳の裏を叩く。

このスピーチが終われば、次は美桜の番だ。

壇上に立った彼女に自分は思わず「ミアン！」と叫び、再会が果たされた。

これは、その直前だ。

「…………」

——何かが起きたのかもしれない。

この状況。

自分と美桜は、誓いによる奇跡で、繰り返しの時間の中にいた。

そこになんらかの脱線が起こって——すべてが始まる前の、この過去に戻れたのかもしれない。

もし、だとすれば。

あるひとつの発想が閃く。

それはとてもせつないけれど、同時に穏やかにもなれる、よいものだと思えた。

〝ここで再会しなければいい〟。

そう。

美桜は前世を思い出すことはなく、天才物理学者として人類史に残る輝かしい生涯を全うできる。

自分とさえ出会わなければ――。

光太は覚悟し、決断した。

美桜のことを思えば、簡単なことだった。

名残にうしろすがたをもう一度見ようとして……それさえも断ちきり、目をそらす。

席を離れた。目立たぬよう背を屈めするすると列を抜け――開かれていた横の扉から体育館を出た。

あたたかな春の空気が迎える。上履きのまま走り、正門まで来た。

葉桜が花びらを可憐に散らしている。

ひととき足を止めて仰ぐ。息を吸って吐くと、晴れやかな心地になった気がした。

――これでいい。

思って、また駆けだそうとしたとき。

ひらひらと……蝶が飛んできた。

あの蝶だ。

懐かしい姿に意表を突かれ、光太はじっとみつめる。

珍しい模様の羽をはためかせながら、すぐ目の前まで下りてきた。

光太はいつかのように手を差しのべる。

蝶はしっくりと、指先にとまった。

瞬間、眩い光が包む。

「愛する女はいるか？」

ひげを生やした男が聞いてくる。

——今度はなんだ。

混乱しつつ、目の前の男を見た。

かすかに覚えがある。誰だったろう。

後退した額、澄んだ空のような目、にやけ笑い、まとった古代の鎧。

思い出した。

「……隊長」

「おう」

隊長が軽妙に応じる。

ああそうだ。ここはローマだ。

最初の転生。巨人と呼ばれ怖れられていた。このときの本名がなんだったか、もう思い出せない。

「どうした？　黙りこくって」

そう。見張りをしていた夜に聞かれたのだ。愛する女はいるのかと。

だから今度は――こう答えた。

「いません」

すると、隊長の青いまなざしがやさしくにじむ。

「そんなに深く愛した女だったか」

……………。

不覚にも目頭が熱くなる。自分の顔はそんなにわかりやすかったのだろうか。

「どんな女だ。描いてやる」

隊長が懐から蠟板を出し、慣れた仕草で開く。

そうだ。ミアンの似顔絵を描いてもらった。そして忘れかけていた彼女の顔が鮮明によみがえり、自分はたくさん泣いたのだった。

「なんて名だ？」

隊長が尖筆(せんぴつ)を構える。

「……ミアン」

「変わった響きだな。エジプトの名か？」

「……ガリアです」

「ほお。歳は」

「十七」

「どんな雰囲気だった？」

そう聞かれたとき……堪(こら)えようもなく、涙が落ちた。

何も浮かばなかったからだ。

ミアンの姿が、もうぼんやりとさえ見えない。頭の中で、真っ暗なまま。

もし隊長が同じ絵を描き上げたとしても、あのときのようによみがえったりしない。

長い時に磨(す)り減り、いつのまにか完全に流れ去ってしまっていた。

そのことをいま知って、どうしようもなくかなしく、せつなく、悔しくなって、泣いた。

「まだ描いてねえのに」

ミアンに会いたくなった。もう一度、どんな顔だったか目に映したかった。どんな声だったか鼓膜を響かせたかった。
涙のままにうつむくと、足下にそっと……猫が歩み寄ってくる。
やわらかな毛皮をこすりつけ、なぁん、と鳴いた。

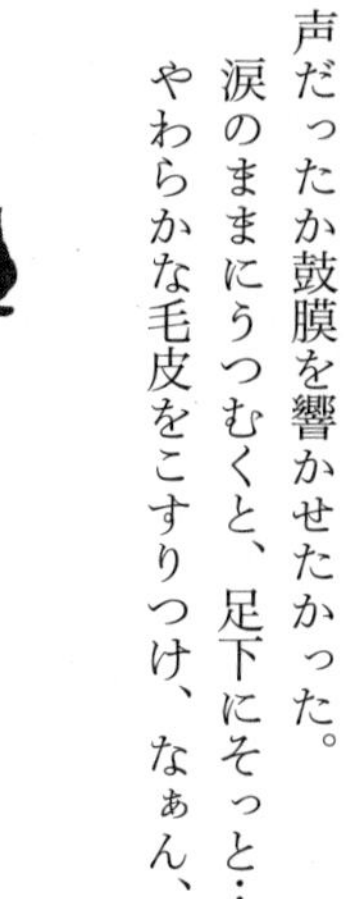

薪の燃える夜の匂いがした。
にじむ視界には、揺れる焚き火。涙で濡れた頬が塩辛く乾き始める。
肩に掛かる毛皮の重さと獣臭。髪を逆立てた石膏の硬さ。
ざわざわと、忘れていた感覚が掘り起こされていく。
荷袋の上に置かれた見事な装飾の剣。――聖剣アールガット。
「なら、わたしがなる」
透きとおった声がした。
記憶の奥底が反応し、全身が揺さぶられる。
顔を上げ……見た。
巻きスカートに、曲線の文様をあしらった飾りベルト。

金具(フィブラ)で留めたツイードのマント、あぐらをかいて抱えた竪琴。

肩に掛かる亜麻色の髪、そして凛々(りり)しい少年のような面差しはちょっと怒っている
ような印象を与える。けれど。

「あなたの友に。わたしがなる」

笑ったとたん、花のような愛嬌が咲くのだ。

ミアンが夜の森を背に、焚き火を挟んだ向かいに座っていた。

——そうだ。

こんなふうだった。

二五〇〇年ぶりの姿。押し寄せてくる感動のあまり、脳から巡るものに熱く痺(しび)れる
ことしかできない。

するとミアンは陽(ほが)らかに澄んだ笑みを浮かべ、隣に座ってきた。

「よろしくなっ」

おどけた口調で手を差し出す。

————。

もちろん忘れてはいない。

これは自分と彼女にとって、とても大切な瞬間だった。熱く甘やかな心の交わりが
生まれた源流。

すべてはここからだった。

だから…………差し出された手を、今度は握り返さない。

「ミアン」

「なにかな」

「夜が明けたら別れよう。きみはアルウィーに帰るんだ」

唐突な言葉に、ミアンが一瞬こわばる。

「……どうして？」

問い返す彼女のまなざしをみつめる。

吸い込まれそうになって、抱きしめたくなって――焚き火に逸らした。

火の揺らめきに心を静める。そうしてまたひとつ、忘れていた感覚を思い出す。

空気に混じるように存在する神秘の気配。この世界に当たり前のようにあった奇跡。

だから、

「俺は今、はるか未来を視てきた」

当たり前のように理由を話す。

「これから俺たちは愛し合い、そのせいできみは女神に殺され、俺は誓いを破った呪いを受ける」

ミアンは黙って聞いている。

「果てなく生き続けるという呪いだ。森の賢者は皆がそうだと言っていたが、違う。それはとても苦しいものだった。俺は100万の転生を繰り返し、はるか未来、生まれ変わったきみと再会する」

疑いを挟まず、神聖な予言として受け取っている。

「きみは俺の呪いを解くため、自らそこに巻き込まれた。俺とともに果てない命を生き続け、そして……」

盛んに燃える焚き火をみつめながら。

「きみの魂は燃え尽き、滅んでしまうんだ」

すべてを伝え終え、振り向く。

ミアンの頬にかかる火影が揺れている。

けれど、瞳の光は揺るがなく、ただ理解に深くなった。

「そういうことか」

つぶやき、穏やかに口角を上げる。

「ねえ。どうしてわたしが同行を志願したと思う？」

思いがけない問いかけに戸惑いつつ、

「……詩人として、俺の竜退治を記録するため」

「わたしの宿命が、あなたと旅をしろと言っているからだよ」

薪がぱちりと爆ぜた。

古の詩人はそういうものを自然なこととして言い、英雄もまた同じく聞いた。

「……そうか」

「うん」

ならば、どれほど説き伏せようとミアンは旅をやめないだろう。

「だが――」

「タラニス」

やわらかく差し挟まれた呼びかけは、聖なる森のオークのごとく堅い。

「生まれ変わったわたしは、文字を学ぶ？」

「ああ」

うなずく。

「それどころか、偉大な天才となって世界を照らす」

彼女はちょっと驚いたふうに瞬きし、それから火の暖かさにほだされるように首を傾げる。

「あなたと愛し合う？」

「……ああ」

「なら、その終わりがいい」

せせらぎの音で言った。

告げられた覚悟に、何も返せない。

ミアンは新しい薪を拾い、台座の石にさしかけた。先端が火に巻かれ、ゆっくりとそれ自身が燃え始める。

「ねえタラニス。火はいつか消えるよ」

みつめながら言う。

「どんなものにも始まりと終わりがある。わたしはそう思ってる。こんなこと言ったら森の賢者に怒られちゃうけど、命だって同じだよ。いつかどこかで燃え尽きる」

だからさ。

「わたしは、その果てがいいよ」

頬が丸く艶(つや)やかになるくらいに笑んだ。

「今わかった。わたしはこれからあなたを愛する」

……………。

感服した。抱えていた憂いと嘆きを、笑顔ひとつで綺麗(きれい)に洗い流されてしまった。

やはり彼女は及びもつかない天才で、そして女神よりも美しい。

「だから、一緒に旅を続けよう」

ミアンがあらためて手を差しのべてくる。

もう迷うことはなく、握った。

ひんやりと華奢(きゃしゃ)な手のひらと、楽器の鍛錬で硬くなった指先。

「きみを愛している」

彼女が照れくさそうに目を細める。

光に包まれ、二五〇〇年前の風景が遠ざかる。

空に葉桜が咲き、花びらを可憐に散らしていた。

光太はとっさにまわりを見る。

高校の正門だった。

入学式から逃げ出したあのときに戻ったのだとわかった。

「光太」

振り向くと、ハルカがいた。

「！　おお」

ほっとして向き直ると――ハルカが私服であることに気づく。病院にいたときからずっと着ていたものだ。

自分は詰め襟に変わったのに、なぜ彼女はそのままなのだろう。

『入学式、始まるよ』

部屋での言葉を思い出す。

「なあ、どうなってるんだこれ？」

光太はハルカの両肩を摑む。

「何かわかるか？」

ハルカはただ、穏やかにみつめ返してくる。

「なんか言えよ」

「光太」

「おう」

「今までごめんね」

「……え？」

「ありがとう」

その清々しい響きがなぜ向けられたのかわからず、きょとんとする。

ハルカはまなざしを澄ませ、光太の腰を摑んでぐいぐい反転させてきた。

戸惑いつつ、動かされるまま後ろを向く。

美桜がいた。

体育館の横の扉から出てきたところで、左右を見て何かを探しているふう。

そして——目が合った。

みつけた、という表情をした。

光太の右足が、反射的に前に出ようとする。

けれど止まった。最後の躊躇いがあった。自分は本当にあそこへ行っていいのだろうか。

「ほらっ」

おもいきり背中を押された。

つんのめり、足が前に、出た。

ハルカが押した構えのまま、ふにゃりと笑う。

「…………」

正直まだ何が起こってるのかはわからない。

でもすべきことはわかって。

ハルカもそのとおりだと言っている。

だからハルカに目で応え、光太はまた前に向き直り……

走った。

正門から体育館までの約五十メートル先へ。

すると美桜も石段を下り、ちょっとずつ前に進んでくる。

地を蹴る足音と耳を過ぎる風を感じながら、光太の脳裏にこれまでの様々な風景が去来した。

そして——美桜の前に辿り着いた。

時計のある植え込みのそばで向かい合う。

彼女はすぐに目をそらし、緊張を漂わせ、何を言うべきか懸命に頭を回しているふう。

「……私、新入生代表でちょうどスピーチする番になって」

説明を始める。

「登壇していたときに、あなたが出ていくのが見えて」

と、眉間に細かいしわを寄せ髪をくしゃっとかいた。

「ごめん、完全に変な人だよね」

先にそう置くのがいかにも彼女らしい。

「でさ、なんでかわかんないけどすごい気になって、追いかけなきゃ！　って思ったの。——うわーやばい人だよっ」

自虐した。いろいろなものを愛嬌で和らげようとする、雪玉をぶつけられたときのような顔。彼女独特の表情。

光太の胸にいとおしさがこみ上げる。

森で聞いた想いと覚悟。

もう逃げないと、固めた。

だから出会う。

「──ミアン」

あのときと同じ言葉を差し出した。

すると美桜は瞬きし、瞳の奥で知識の海を泳ぎ機転を得る。

「〝ミアン〟」

軽やかな笑みを浮かべた。

「それは、ケルトの言葉で希望という意味ね」

2

閉じたまぶたの裏が薄茶ける。
なぜ目を閉じているのだろうと、光太は不思議になる。
つい今しがたまで高校にいたはずだ。
いや、そもそもその前は自室にいた。
ということは、あのとき眠ってしまったのだろうか。
つまり、夢を見ていた?
状況を確かめるため、ゆっくり目を開けた。
そこは——病室だった。
視界には、見慣れたアングルのベッド。
自分はイスに座っている。いつもの見舞いのポジション。
美桜の病室だ。
「……?」

時の感覚がつかめない。周りを見回す。

ベッドに美桜がいる。起こしたマットにもたれかかっている。

隣のイスには誰もおらず、座面にぽつんと……紙袋が置かれていた。

ファンシーな小物を入れるような褐色の表面が、窓からの夕暮れにほんのりと映えている。

光太はなんだろうと、手に取った。

伝わる重さの感触から、おそらく厚い布の類。折られた口を開けてみた。

中には、手袋が入っていた。

ここでずっと、美桜のために編んでいたものだ。

無事完成したらしい。できばえを確かめようと、取り出す。

と……底に、もうひと組入っていた。

それは美桜のものより大きい。たとえば、光太の手にちょうどよく嵌まりそうだ。

…………。

内緒で編まれていたのだろうそれを手のひらに載せ、表面をこする。はにかみと苦笑いのまん中のものが浮かんだ。

新品のなめらかさを指で感じていたとき——光太はなぜだか納得がいった。

自室にいたことも、様々な懐かしい風景を見たことも、どれも本当だったと。

それを経て、ここにいる。
これが現実で、一秒一秒、新たな時を刻んでいるのだと。
二組の手袋について美桜に話しかけたくなった。彼女の方へ向く。
ふいに眩しさに見舞われ、目をすがめた。
睫毛の先に反射した光が円く浮かぶ。黄昏がちょうど差し込む頃合いになったらしい。

「……三善くん？」

眩む中で、聞こえた。
幻聴かと思いながら、体と奥の心はそうではないと告げている。
光太はしっかりと、見る。
目と目が、寸分のずれもなく合った。
夕陽を受ける彼女の瞳の輝きには、はっきりとした意識が宿っていた。
窓から注ぐ光と影に絵画のごとく佇みながら、美桜は無表情に光太をみつめ、それから右手で額を押さえる。

まなざしを瞠(みは)り、何かを染みとおらせる沈黙を置いたあと――蕾(つぼみ)が咲くかのごとく顔に鮮やかな彩りをよみがえらせた。

「……光太……」

美桜がいた。

燃え尽き滅んでしまったはずの魂が、いきいきと、そこにいた。

その驚くべきことを目のあたりにし、光太は何より先に、

「……なんで？」

と間の抜けたつぶやきをしてしまう。

「なんでって――」

聞き返そうとした美桜が、んっ、と眉間にしわを寄せた。

「……え、なにこれ……？　記憶がこんがらがってる……」

考え込み、聞いてきた。

「……私って、１００万回生きてないよね？」

そして、光太はようやくわかったのだ。

奇跡が起きたのだと。

喜びがわき、満ちる安堵(あんど)がお湯のように肩まで上がってきて、脱力しそうになって

しまう。

けれどそれより先に、やりたいことがあった。

抱きしめた。

しっかりとつかまえるように、愛する人のぬくもりを確かめた。

「三善く……じゃなくて、ごめん、説明して！」

戸惑いながら、いつものじゃれあう心地よさをにじませる。大きなテディベアをあやすみたいに、背中に手を回してきた。

そうしながら話をして、ふたりに起こった奇跡を祝った。

そして、英雄に取り憑き１００万回をともにした呪いは、ひっそりと消えた。

エピローグ

フランスの田舎道を、一台の車がのんびりと走っている。

パリから二時間半。ル・マンの東にある県道は、まっすぐの道路と牧歌的な紅葉しかない。

褪せた草原とまだらにある木々の集まり。放牧された茶と白模様の牛。

車窓から眺める二人には、それが懐かしいものだとわかった。

「何も変わってない気がする」

「ええ、間違いなくこのあたり」

車を走らせているのは、日本人の老夫婦だった。

歳は七十。きれいに老い、いまだ矍鑠としている。

ほどなく目的地に辿り着き、二人は車を降りた。

「はい」

リュックを背負った夫に、妻が手袋を差し出す。

手編みのミトン。

使用感はほとんどないが、長い年月の風合いを帯びている。ずっと大切に扱われてきたものが持つ上品なぬくもりがあった。

「ありがとう」

二人は正装を身につけるような佇まいで手袋を嵌める。

「寒いけど、逆によかったわね」

「ああ。あたたかい」

手をつなぐ。

そして、光太と美桜は森に入った。

「この音、ちょうどいい」

美桜が落葉を踏みながら言う。

「乾き具合や大きさでけっこう変わるのよね」

赤、黄、常緑。森は様々な色彩を見せながら、落葉したことで見晴らしがよくなっている。樹木そのものの形がよくわかり、オブジェのようだ。

「なんとなく、美術館という感じだわ」

風に葉が落ち、同じ色に染まった地面に降る様が美しい。

「ここに着いたら話そうと思ってたんだが」

「なに？」

「今朝、ハルカの夢を見たよ」

「……どんな夢？」

「一緒に買い物をしているんだ。ポルトで」

「ポルト懐かしい。何を買ったの？」

「はがきを選んでいた」

「文具屋あったっけ」

「なかったと思う」

「変なの」

「夢だからな」

　小さく笑い合い、

「うらやましい」

美桜がじんわりした目でつぶやいた。

突然いなくなった幼なじみについては色々と考え、こういうことだったのではないかというものが二人の間に浮かび上がっていた。

けれど、口に出して言うことはない。

「いい夢だった」

光太も、久しぶりに目の奥を熱くした。

木立の向こうに、開けた場所が見えてきた。

白く枯れた草と転がる大きな石、黄色いエニシダの花。その先に——今にも干上がってしまいそうな浅く小さな泉があった。

二人はしばし、無言でみつめる。

「やはりずいぶんと変わっているな」

「残ってくれてただけ、すごいことよ」

「そうだな」

ゆっくりと近づき、畔(ほとり)にあった具合のいい石に並んで腰掛けた。

「やっと来れたわね」

「ああ」

二五〇〇年前、ここで最初の夜を過ごした。

「生きているうちに来れた」

肩の荷が下りた面持ちで泉と向き合う。

七十になるこのときまで、その気になればいつでも訪れることができただろう。

「新婚旅行よね。若いうちにってオーロラ選んじゃったから」

そう。あの機会を見送ってから、ずるずると今日に至ってしまった。

なぜなら、忙しかったからだ。

結婚をし、仕事に追われ、子供を育てる。

そういうありふれた大人の忙しさだ。

二十歳までの寿命を繰り返してきた光太にとってその後の人生は初めてで、めまぐるしくも全部が新鮮で、輝くような喜びに溢れていた。

「何を考えているのか当てようか」

美桜が軽妙に言う。

「『素晴らしい人生だった』」

光太は、皺をやわらかく深めて。

「そう思わないか」

「まだ先はあるけど。振り返るにはいい頃合いね」

応えて、重ねた叡智に澄んだ瞳で笑んだ。

「思う」

肩を寄せ合った。

「よし。やるか」

光太はリュックを開け、中から小さな竪琴を取り出す。

一つを美桜に。もう一つを自分に。

そのとき、森の向こうから渡ってきた風がふたりを過ぎて舞い上がる。

高い空にほどなくして、光太と美桜の弾くあの歌が響き始めた。

本書は書き下ろしです。

本文イラスト　ふすい

100万回生きたきみ

七月隆文

令和３年　８月25日　初版発行
令和５年　２月20日　16版発行

発行者●山下直久

発行●株式会社KADOKAWA
〒102-8177　東京都千代田区富士見2-13-3
電話　0570-002-301（ナビダイヤル）

角川文庫 22783

印刷所●株式会社暁印刷
製本所●本間製本株式会社

表紙画●和田三造

●お問い合わせ
https://www.kadokawa.co.jp/（「お問い合わせ」へお進みください）
※内容によっては、お答えできない場合があります。
※サポートは日本国内のみとさせていただきます。
※Japanese text only

ISBN 978-4-04-111840-5　C0193

◇◇◇

角川文庫発刊に際して

角川源義

第二次世界大戦の敗北は、軍事力の敗北であった以上に、私たちの若い文化力の敗退であった。私たちの文化が戦争に対して如何に無力であり、単なるあだ花に過ぎなかったかを、私たちは身を以て体験し痛感した。西洋近代文化の摂取にとって、明治以後八十年の歳月は決して短かすぎたとは言えない。にもかかわらず、近代文化の伝統を確立し、自由な批判と柔軟な良識に富む文化層として自らを形成することに私たちは失敗して来た。そしてこれは、各層への文化の普及滲透を任務とする出版人の責任でもあった。

一九四五年以来、私たちは再び振出しに戻り、第一歩から踏み出すことを余儀なくされた。これは大きな不幸ではあるが、反面、これまでの混沌・未熟・歪曲の中にあった我が国の文化に秩序と確たる基礎を齎らすためには絶好の機会でもある。角川書店は、このような祖国の文化的危機にあたり、微力をも顧みず再建の礎石たるべき抱負と決意とをもって出発したが、ここに創立以来の念願を果すべく角川文庫を発刊する。これまで刊行されたあらゆる全集叢書文庫類の長所と短所とを検討し、古今東西の不朽の典籍を、良心的編集のもとに、廉価に、そして書架にふさわしい美本として、多くのひとびとに提供しようとする。しかし私たちは徒らに百科全書的な知識のジレッタントを作ることを目的とせず、あくまで祖国の文化に秩序と再建への道を示し、この文庫を角川書店の栄ある事業として、今後永久に継続発展せしめ、学芸と教養との殿堂として大成せんことを期したい。多くの読書子の愛情ある忠言と支持とによって、この希望と抱負とを完遂せしめられんことを願う。

一九四九年五月三日